CB122563

CARANCHO

RODRIGO TAVARES

2ª edição

DIADORIM
EDITORA

RODRIGO TAVARES

CARANCHO

Copyright © Rodrigo Tavares, 2023

Editores
María Elena Morán
Flávio Ilha
Jeferson Tenório
João Nunes Junior

Capa: Julia Contreiras
Projeto e editoração eletrônica: Studio I
Revisão: Press Revisão

Dados Internacionais de Catalogação na Publicação (CIP) de acordo com ISBD

Tavares, Rodrigo
Carancho / Rodrigo Tavares. - 2. ed. - Porto Alegre : Diadorim Editora, 2023.
240 p. ; 14cm x 21cm.
ISBN: 978-65-987116-2-7
1. Literatura brasileira. 2. Romance. I. Título.

2023-1411
CDD 869.8992301
CDU 821.134.3(81)-34

Elaborado por Vagner Rodolfo da Silva - CRB-8/9410
Índice para catálogo sistemático:
1. Literatura brasileira : Romance 869.8992301
2. Literatura brasileira : Romance 821.134.3(81)-34

Todos os direitos desta edição reservados à

DIADORIM
EDITORA

Diadorim Editora
Rua Antônio Sereno Moretto, 55/1201 B
90870-012 - Porto Alegre - RS

Era nas noites de vento que ela mais pensava nos seu mortos.

Erico Verissimo, *O Arquipélago*

O grupo mais selvagem e pitoresco que já vi (...) sua educação é excessiva, mas enquanto fazem uma mesura muito graciosa, parecem prontos, caso surja a ocasião, para cortar sua garganta.

Charles Darwin, *A viagem do Beagle*

Tudo indica que o Rio Grande do Sul, o estado mais meridional do Brasil, na fronteira com a Argentina e o Uruguai, marcha inexoravelmente para uma guerra civil, na qual os habitantes voltarão a se dedicar ao seu esporte histórico favorito – o de guerrear.

Ambrose Bierce, em artigo
no jornal *La Prensa*

PRÓLOGO

AS GUERRAS SÃO TODAS IGUAIS, mas no fim cada lado tem uma história diferente. A Revolução Federalista foi a mais sanguinária guerra civil em solo brasileiro, e eu desejo contar sobre como fomos envolvidos nessa disputa em que todos perderam no final.

Não prometo imparcialidade. Fui obrigada a escolher um lado: o da minha família. Pouco me importam os motivos que, segundo os caudilhos, provocaram aquela revolta, mas guardo, como quem guarda uma pedra preciosa, todo o meu ódio por ter sido arrastada para aquela trama maldita. Eu sabia que isso aconteceria comigo, e essa é a mais simples verdade. Mas eu não estava preparada para tamanha barbárie.

Ainda criança, minha abuela *leu nosso futuro, muito antes dos olhos dela serem tomados pela nuvem branca da cegueira, muito antes de nos separarmos de nossa antiga família cigana para seguir o destino traçado. Ela disse: "Escute, Brida. As cartas disseram que teremos tempos difíceis pela frente". E elas não mentiam: morreríamos juntas, no extremo sul do Brasil, e criaríamos raízes naqueles pagos. Ali eu me casaria, passando a arar a terra e a plantar sementes, e por fim germinaria um filho. Até o dia em que aquela revolução vergonhosa batesse à porta de nossa casa.*

A história de minha abuela *terminaria ali, no dia da nossa morte. Mas a minha não. Eu ainda tinha assuntos a resolver, ainda tinha as mãos do meu homem para guiar até que conseguíssemos nossa vingança.*

E essa é a história que contarei.

1

SEDE DO JORNAL *A FEDERAÇÃO*, EM PORTO ALEGRE
INVERNO DE 1892

Mal a República nasceu, as revoltas foram se espalhando pelo país inteiro. Naquele inverno de 1892, Júlio de Castilhos dividia suas funções entre presidente do Estado do Rio Grande do Sul e chefe do jornal *A Federação*.

Vaidoso, Castilhos descobriu cedo o poder das palavras. Não poupava os inimigos nas linhas afiadas dos artigos, sempre moldados a seus próprios interesses políticos. Afinal, a história que fica é aquela escrita pelos vencedores. E ele sabia que sairia vencedor.

Riscou a pederneira e acendeu o cigarro, alisou o cavanhaque, o bigode e acariciou as marcas da bexiga, pouco profundas, que deixavam seu rosto com aspecto de um tronco esburacado, algo que tanto lhe incomodava na infância. Não mais. Agora, ele tinha coisas mais importantes com que se preocupar. Abriu mais uma vez o telegrama atirado sobre a mesa na redação. Forçou os olhos e negaceou.

Precisou ler em voz alta para acreditar.

"Excelentíssimo Senhor Dr. Júlio de Castilhos, envio este telegrama para que saiba, o quanto antes, o que a senhora Umbelina da Silva Tavares andou publicando no Jornal do Brasil, no Rio de Janeiro. Transcrevo *ipsis litteris*:

> *'Informo que forças de Maneco Pedroso continuam perseguindo meu marido, Zeca Tavares. Minha fazenda Limoeiro foi arrasada. Levaram gado, cavalos e ovelhas. Casa e móveis estragados. Pergunto a quem devo fazer responsável por tais atos de vandalismo?'*

Essas foram as acusações da esposa de Zeca.
Saudações,
Major Ramiro de Oliveira"

Castilhos se admirava da coragem daquela mulher: usava as mesmas armas de seus inimigos para atacá-los. Se todos os federalistas fossem tão astutos, talvez sua jornada se tornasse mais difícil.

É bem verdade que Maneco passou dos limites. Ora, donde já se viu incendiar a estância, colocar um porco degolado na cadeira do Zeca Tavares e ainda deixar aquele recado na parede? *Tua cabeça será nossa.* Tudo isso na frente da mulher e das crianças. Que tivesse matado todos, então. Sem testemunhas.

Em um ímpeto, Castilhos atropelou a mesinha de centro recém-colocada no escritório, mas conteve os xingamentos. Buscou mais um cigarro nos bolsos e usou a brasa do outro para acendê-lo. Jogou a ponta no assoalho de madeira e pisou com força, estalou os dedos, o pescoço. Olhava com raiva para o bloco de papéis em branco sobre a mesa. Sentou-se e preparou uma mentira qualquer, mas uma mentira à altura daquelas acusações.

Afinal, não se poupam adversários. A partir de agora, concluía Castilhos, que se puna nas pessoas e nos bens.

"Vossa Excelência não faz ideia dos horrores que se tem praticado; os assassinatos são em número muito elevado, pois, já por toda a parte, se degolam homens, mulheres e crianças, como se fossem cordeiros; o saque está por demais desenvolvido, assim é que não há nenhuma garantia, quer individual, quer material."

Trecho de telegrama do General João Telles
ao presidente Floriano Peixoto
2 de novembro de 1892

2

INTERIOR DE SANTA VITÓRIA DO PALMAR
JANEIRO DE 1893

QUANDO SAIU DE NOSSA CASA, meu marido, Tarcísio Gutiérrez, estava inquieto, revisava os bolsos, entrava e saía do rancho, como se tivesse esquecido algo. Fazia de tudo para fugir do meu olhar. Encilhou o cavalo e mal nos deu atenção. Partia para guerra pela primeira vez. Ele tremia quando escabelou Floriano, nosso pequeno. Essa era uma pequena brincadeira dos dois. Segurei a mão dele. Apertei firme e encarei seus olhos, enquanto acariciava a barba farta, salpicada de fios ruivos, querendo branquear.

Ele entendeu o que eu queria dizer: Tarcísio não podia demonstrar fraqueza, não por nós. Na nossa casa nunca existiram essas regras bobas, mas o *viejo* Guiraldes estava esperando. E nunca era bom demonstrar medo na frente de outro homem. Os gaúchos, apesar de sensíveis, são muito orgulhosos, e eu precisava ser a fortaleza de Tarcísio.

Enquanto segurava suas mãos, beijei seus lábios e desejei boa fortuna.

— Até logo, Brida — disse e virou as costas.

Ele não tinha como saber o que eu sabia e por isso se despediu daquele jeito frio, e eu não pude dizer nada. Não queria forçá-lo, não queria que ele tivesse que suportar mais um fardo. Saber o futuro não é uma bagagem leve para se carregar.

Que se fizesse guerreiro e que ficasse tranquilo, eu disse. Eu cuidaria do Floriano, da *abuela*, dos animais e da casa. Estaria esperando por sua volta, menti.

Tarcísio e o *viejo* Guiraldes se afastaram, nem rápido demais, para não matar os cavalos, e nem devagar demais, para não se atrasarem. O cavalo colorado do meu marido trotava constante, sentindo o medo do dono, que nem reparava nas vacas e nos bois que mugiam, nos outros cavalos das manadas, que se aproximavam deles, curiosos.

Homem pobre não tem opção, Tarcísio disse para mim, assim que recebemos a notícia. Ele sabia bem os termos daquele acordo com os caudilhos: nos tempos de paz, trabalharia como peão, poderia construir um rancho e criar um pouco de gado, enquanto cuidava das terras do patrão; e, quando fosse necessário, seria um soldado nas colunas de Gumercindo Saraiva.

Os estancieiros eram verdadeiros senhores da guerra. Em suas propriedades, eram reis, com um exército de homens leais e agregados, prontos para qualquer ordem. Quem tem bons homens sob seu comando tem poder. Por causa disso, assim que receberam de um próprio o recado para que se apresentassem ao capataz da Estância Curral dos Arroios, encilharam os cavalos e pegaram a estrada rumo à propriedade dos Saraiva.

Pelo que o ajudante antecipou, Júlio de Castilhos tomou posse do governo do Estado do Rio Grande do Sul e, em seguida, começou o barulho. Os estancieiros do Sul do Estado opunham-se ferrenhamente aos ideais pregados pelo presidente. Como todos os federalistas, vinham sofrendo agressões e represálias dos homens de Castilhos, enquanto as autoridades faziam vista grossa. O chefe mandou que aniquilassem os inimigos, e os homens de Castilhos eram bons cumpridores de ordens.

Meu marido não entendia nada de política, jamais tinha ouvido falar dos princípios do tal Auguste Comte, que tanto se falava, não se importava se vivia em uma república ou em uma monarquia. Esses conceitos abstratos não significavam nada para *nosostros* – os do campo. Ele sabia apenas uma coisa: Júlio de Castilhos e seus soldados de lenço branco, os pica-paus, eram seus inimigos.

Tarcísio conteve o chapéu de pelo de lebre, de abas curtas, que quase voou de sua cabeça. Era presente do patrão Gumercindo Saraiva, que o achava muito parecido consigo mesmo. Tinham uma estrutura física semelhante, robustos como touro de invernada e o rosto alongado, meio equino, emoldurado por espessa barba negra. No entanto, diferentemente do caudilho,

Tarcísio era apenas um peão campeiro.

O *viejo* Don Guiraldes observava Tarcísio com o canto dos olhos. Conhecia aquele sentimento de ansiedade, era um veterano de revoluções e guerras. Diziam que o velho castelhano já havia peleado pelo Uruguai, pela Argentina, e que, na Guerra do Paraguai, se enrabichou por uma chinoca que acompanhava a comitiva de Silva Tavares e por isso veio junto para o Brasil. Quando indagado, Guiraldes sempre contava uma versão diferente de sua vida antes de chegar ao Rio Grande, perdendo-se a verdade no meio de tantas bravatas.

Quando o mensageiro os convocou para a luta, nem precisou pensar, não tinha muito o que levar. Vestia-se como os gaúchos antigos: chambergo de aba tapeada sobre a farta cabeleira branca, chiripá de lã preso à cintura por uma faixa vermelha. Sobre a faixa, havia uma velha guaiaca com fivela; por baixo, longas ceroulas até o calcanhar, mas sem qualquer crivo ou franja mais festiva. Escondia a bainha simples sob a bota de couro curtido pelo suor dos cavalos.

Ainda faltava um detalhe: desemalou os trapos e encontrou, nos fundos da mala de garupa, o velho dólmã militar, que já havia algum tempo só utilizava em solenidades. Agora sim estava pronto para partir.

Meu marido não dividia a euforia com o velho. Trazia o semblante endurecido, vestiu pilchas simples, de bombachas puídas, camisa de linha branca e inteiriça, sem botões, e apresilhou um pala de seda nos arreios, seu único luxo.

Com as esporas ditando o compasso, partiram, sem olhar para trás. Tarcísio, bem montado em seu colorado, acompanhava o trote largo do lobuno do *viejo*, firme nos arreios. Tinha os olhos no horizonte, repassava tudo o que o soldado havia dito a eles antes de partirem. O cavalo seguia o rastro do outro, sem precisar de qualquer comando.

— *Hay* boatos de que Castilhos autorizou que seus

correligionários apertem o cerco, com a violência que for necessária — disse o mandalete, e completou: — Partam hoje mesmo para as casas do General Gumercindo.

— Que mal pergunte ao amigo — Tarcísio baixou o tom de voz ao falar —: devo me preocupar por deixar eles sozinhos?

— Dizem que as ordens do Castilhos são pra usar violência. Mas nós não somos *ninguém*, eles nem nos enxergam. Apurem essa partida, que até o Arroio são umas quantas léguas.

— Ficou surdo ou está louco, *hombre*? — disse Don Guiraldes, estalando, na frente das vistas do outro, os dedos grossos como dois moirões. — Donde andavas? Teu cavalo para no caminho e tu nem enxerga.

— Estava pensando no que o homem do General disse. Espero que eles fiquem bem.

— Não te preocupa. Eles estão armados. Teu guri já sabe mirar e atirar. Em compensação, nós precisamos chegar até a estância pra descobrir a quantas anda essa tal revolução.

— Será que vai muito longe?

— Que sei eu? Mas se der algum problema, tua família tem a balsa escondida e é só atravessar pro Uruguai. Vamos a galope agora que falta pouco...

Os cavaleiros costearam a Lagoa Mirim desde Os Afogados até a Estância. Estavam a menos de um dia de Santa Vitória do Palmar. Alguns capinchos se atiraram na água quando escutaram o tropel de cascos. Ao longe, um mergulhão emergiu com um peixe no bico. A brisa empurrava da água o cheiro agridoce da lagoa.

Tarcísio não viu nada disso. Os homens sempre têm pressa.

O vento fazia pequenos redemoinhos às margens. O menino, de calças arremangadas, pés misturados aos juncos e camalotais, segurava o caniço à espera da hora certa para dar o fisgão. Parecia que aquele peixe desgraçado o estava provocando. Floriano olhou por cima dos ombros para me procurar.

Eu continuava sentada à sombra de uma palmeira, limpando os peixes que ele havia pescado. Era uma tarde bonita. Naquela hora, eu trazia uma flor de jasmim no cabelo, presente do menino. Amava tanto aquele perfume adocicado que plantei uma muda assim que construímos o rancho.

As mãos secas brilhavam com o reflexo dos raios de sol nas escamas presas na pele. Com a faca de prata afiada, dava um talho na barriga, tirava as tripas e as bolsinhas de ar e, em seguida, raspava as escamas, para que a carne branca das traíras e dos pintados estivesse pronta para a fritura, em pequenos filés. Apenas mais um peixe já seria o suficiente, já que ficamos só nós três em casa.

Mais cedo, tinha feito o que o Tarcísio havia pedido. A balsa estava pronta para alguma necessidade. Mas balsa nenhuma nos salvaria. A morte, quando chega, já tem lugar no trem e hora para partir. Ninguém altera o que já está escrito.

Escutei um forte zunido e vi que Floriano trazia mais um peixe dependurado no anzol.

— Olha, mãe, que bonita essa traíra. Bem gordinha!

— Barriguda mesmo, está até meio parecida contigo! — eu disse, aos risos, enquanto o menino de sete anos segurava a própria barriga com as mãos e gargalhava alto.

— Posso mergulhar enquanto a senhora termina?

Sem esperar resposta, ele correu em direção à água e se atirou no banho merecido. Passei a faca no peixe sem perder Floriano de vista. Com as mãos em concha, a criança ensaiava as primeiras braçadas, como o pai havia ensinado.

— Muito bem!

Um pássaro diferente cantou no ar, chamando minha atenção. Ao olhar para o céu sem nuvens, eu não enxergava nada, um manto branco cegava meus olhos. Limpei o suor da testa com o antebraço e tentei outra vez. Silêncio total. A visão retornou aos poucos, e consegui ver que algo sobrevoava meu filho. Deixei a faca no chão e fui em direção à lagoa, molhando os pés e a barra da saia. O menino se assustou e passou a tentar ver o que eu via.

Não mais do que uma flor em pluma, o dente de leão planava branco, solitário, sobre nós dois.

— Visita! — gritou ele, enquanto tentava pegar a flor, que, com o vento de seus braços, fugiu ainda mais.

Soltei o ar que prendia e estendi a mão direita e aguardei até que a pluma repousasse suave, como se pertencesse àquele lugar.

— Visita.

Não havia entusiasmo na constatação. A flor que anunciava a chegada de visitas ou uma grande mudança dessa vez não me trazia alegrias. Já tinha visto aquela imagem, não em sonhos, mas em transe. A mão escamada em arco-íris, a pluma anunciando a chegada da visita, a guerra, finalmente, em seu portão.

— Floriano — gritei —, sai da água. Agora! Estamos voltando para casa.

Recolhi os peixes do chão, limpando a faca na saia mesmo e, quando o menino ensaiou uma reclamação, encarei o pobre com aquele olhar que somente as mães têm: discussão encerrada antes mesmo de começar.

Quando chegamos nas casas — apenas um rancho de barro, quinchado de palha, um galpão de madeira, um banheiro na rua e uma mangueira para os animais — minha velha *abuela* estava parada à porta, o rosto levantado, como a farejar. Seus olhos cegos brilhavam como pirilampos. Os cabelos grisalhos atados em coque, por um lenço florido. Com a mão esquerda, segurava uma bengala de osso. Sentiu a nossa proximidade. Do seu lado, um ovelheiro azulego estava estirado no chão, atento a espiar tudo com o canto dos olhos. A velha sorriu, a boca sem dentes, esmigalhada de tantos anos, mostrando as marcas de toda sua história naquele rosto manchado de sol.

— É hoje, minha filha. É hoje.

— Eu sei, *abuela*. Estou pronta.

A paisagem da região, que tanto nos encantava, também seduzia Don Guiraldes. O homem não conhecia o oceano e, depois de se apartar de sua *morocha,* atravessou o Rio Grande buscando algum ofício. Quebrou o vidro dos olhos quando ultrapassou as dunas, de areia fina como sal, e enxergou aquele universo de água, que rugia e parecia falar. Levou uma chicotada do vento nordeste, mas fez questão de se banhar naquela água viva com a qual tanto havia sonhado.

Depois, foi se embrenhando ainda mais naquela terra de campos úmidos, por vezes arenosos, repleta de capinchos, preás e *ñandús*, até ser visto por Gumercindo Saraiva, que reconheceu nele traços daqueles gaúchos genuínos, que não são mais talhados, e o chamou para capataz de tropa e peão por dia, deixando-o fixar casa na beira da lagoa.

Don Guiraldes era um homem da estrada, mas foi se aquerenciando à região e à luminosidade, ao sol refletido pelo mar e pelas lagoas, ao silêncio ermo, quebrado apenas pelo canto dos quero-queros, pelos uivos dos graxains, mugidos das vacas e relinchos dos cavalos.

Foi ali — trabalhando naqueles currais feitos de palmeiras, onde as árvores trazidas da natureza eram replantadas e organizadas para as tropas pernoitarem sem se espalhar — que Don Guiraldes conheceu Tarcísio e os dois trabalharam juntos pela primeira vez.

Perto da estância, notaram uma tropilha de cavalos de serviço encerrada em um desses currais. Um peão armado foi ao encontro deles. Ao reconhecê-los, apenas saludou com a cabeça e retornou. O clima pesou sobre eles, enquanto o sol estava chegando próximo à barra do horizonte.

Em silêncio, aproximaram-se da casa de Gumercindo. Tarcísio observou que o terreiro estava abarrotado de peões, agregados, algumas mulheres e crianças. Desencilharam e deixaram que os cavalos pastassem, com as rédeas envoltas no pescoço. A tensão pesava, deixando as costas tesas, e os resmungos e as conversas baixas aumentavam a expectativa. Tarcísio trocou olhares com Don Guiraldes.

O cheiro acre dos suores de tanta gente, de bosta de cavalo, urina de égua, não passava despercebido, mesmo com o perfume das flores da roseira, trazido pelo vento naquela tardezita. Escutaram pisadas fortes vindas de dentro da casa. A porta foi aberta e, das sombras, surgiu a responsável por passar as ordens do General.

Tarcísio reconheceu de pronto a esposa do chefe. Dona Amélia atravessou o umbral da porta e olhou para os homens com o rosto sério, enrugado.

Nós admirávamos aquela mulher. Mesmo com a perseguição que Gumercindo vinha sofrendo nos últimos anos, ela não arredou o pé de suas terras, de suas opiniões. Qualquer um que ousasse ter medo da guerra sentiria vergonha depois de conhecê-la. Pouco tempo atrás, logo após o golpe militar que proclamou a República brasileira, seu marido havia sido convidado por homens de Júlio de Castilhos para que se filiasse ao Partido Republicano. Queriam que ele liderasse em nome do presidente.

Dizem que, quando ele recebeu o convite, Dona Amélia baixou os olhos, apertou o penteado, sempre em coque, e ofereceu um café aos emissários, perguntou pelas esposas e famílias. Conhecia seu homem, um potro selvagem, impossível de cabrestear.

— Senhores — disse Saraiva, — não vou dizer tudo o que penso porque sei que vocês estão apenas cumprindo ordens.

Quando Gumercindo se deu conta, a esposa o cutucava, como a pedir calma. Não conseguiu se conter e precisou dizer o que queria.

— Não confio no presidente, não confio nos políticos do presidente, e, sabem de uma coisa: não confio em vosmecês, tampouco. Esta reunião está encerrada, podem passar no galpão se precisarem de algo, e chispem da minha casa.

Antes de servir mais um mate ao marido, Dona Amélia sentenciou:

— Serás preso e sem demora.

Ele apenas deu uma risada e desconversou. Pouco tempo depois de enxotar os homens de Castilhos, Saraiva foi falsamente acusado pelo jornal *A Federação* de dois assassinatos e terminou preso.

Dona Amélia tentou organizar um levante com os cunhados uruguaios, mas foi proibida por Gumercindo. Após algum tempo de prisão, e sem pedir a autorização de ninguém, ela contratou um marceneiro e apenas ordenou que Gumercindo comprasse um dos guardas para fazer um molde da chave, em um miolo de pão. Uma chave de madeira foi feita, e Dona Amélia resgatou o caudilho.

Dizem que ele apenas repetia que Dona Amélia era impossível. Saraiva partiu para o Uruguai com alguns homens e passou a organizar a resistência ao presidente do Estado. A esposa ficou cuidando da estância e de todos os negócios.

— Boas noites, senhores! — disse ela encarando a todos. — Como todos sabem, é chegada a hora. Como um brasileiro prestes a retornar à Pátria, Gumercindo, meu esposo, os cumprimenta e os convida a despojar do poder a meia dúzia de bastardos que lá estão por manobras de traição e hipocrisia!

A plateia começava a reagir com sorrisos e acenos de concordância.

— Não pretendemos, meus amigos, sermos soldados de um partido, ou derramar sangue de irmãos, outra vez, no solo deste Estado, mas somos cidadãos chocados com os atos sanguinários praticados todos os dias pelos sicários a mando do senhor Júlio de Castilhos! — Os aplausos e gritos de "viva" fizeram Dona Amélia esperar um pouco para continuar. — Quem de vós desejais um Rio Grande livre do ódio e da violência desse tirano, que sigais imediatamente para encontrar com Gumercindo Saraiva nos arredores de Aceguá, pois a revolução começará nos primeiros dias de fevereiro. O caminho pelo Uruguai já está franqueado. Podemos prometer apenas sangue e luta contra a tirania, e nada mais!

Os peões aplaudiram o discurso. A garganta de Tarcísio estava seca, as mãos tremendo de excitação. Experimentava aquilo que, no futuro, viria a chamar de loucura da guerra. O *viejo* Guiraldes, mesmo acostumado às refregas, estava com os olhos marejados pela força das palavras da mulher.

— Atenção! Os posteiros e agregados que tiverem mulheres e crianças em casa, sugerimos que as convidem para uma temporada conosco aqui na sede. Temos alojamento para todos.

Os homens silenciaram.

— Ainda hoje — continuou ela —, chegaram notícias de vários bandos de pica-paus vistos a caminho da nossa região. Sabemos do que eles são capazes. Tragam imediatamente suas famílias.

Acho que foi nessa hora que Tarcísio entendeu que nos perderia.

— Quem não tem família parte ainda hoje. Um boa noite a todos. Que Deus nos defenda — disse Dona Amélia e retornou para sua casa, fechando a porta atrás de si.

Don Guiraldes fez menção de acompanhar Tarcísio, mas os outros soldados não permitiram. As ordens eram claras. Eles deviam partir assim que estivessem prontos.

Pobre homem. As pernas de Tarcísio tremiam

quando encilhou o cavalo colorado e partiu a galope na direção de nossa casa.

A noite chegou e, com ela, o canto dos grilos, o coaxar dos sapos nos banhados. Dos redutos sombreados nas árvores, as aves noturnas piavam e observavam. Era uma noite tensa, de animais fora das tocas, morcegos em voos rasantes, famílias em debandada, sentinelas em alerta. A lua vestia de prata a mata dos campos. Uma vaca solitária que pastava por perto levantou a cabeça, como a rastrear algo, e soltou um longo mugido, depois de escutar o tropel que se aproximava.

O tronar das patas, o rangido dos bastos, o tilintar das esporas, a respiração pesada dos cavalos. O piquete que corre em conjunto, repetindo e repetindo o mesmo som, a mesma batida no chão duro e seco. Quando vosmecê escuta esse barulho se aproximando, sabe que terá problemas logo mais. Um ouvido atento poderia escutar a perdiz bater asas, fazendo estardalhaço e assustando os animais.

Mas assustadora mesmo era a percussão constante de cascos de cavalos que cortavam os caminhos em alta velocidade, sem qualquer discrição, como se fosse o cheiro de terra avisando que logo vai ter tempestade.

Hoje eu sei que aquele seria um grupo famoso ao final da revolução. Mas naquele dia era apenas um bando de soldados desconhecidos a serviço de Júlio de Castilhos. Eles tinham apenas um objetivo: levar o horror às gentes de Gumercindo Saraiva.

Eram sete cavaleiros, cinco homens e duas mulheres.

O Tenente Hermano López liderava o grupo. Era um sujeito nojento, que tinha a esperança de demonstrar valor durante a guerra e, depois, alcançar espaço perto dos homens importantes do Estado.

Quando vi López, aquele homem albino, branco como um osso novo, senti medo. Não por sua cor, eu gosto do branco, mas o que me assustou mesmo foram os olhos. Duas bolitas azuis, ferozes. Aquele olhar era uma lâmina afiada.

Ele puxava a ponta do piquete, sem poupar rebencaços e esporeadas no cavalo, querendo avançar mais e mais. Estava sujo do barro que saltava dos banhados na passagem a galope, manchando o cabelo fino e a barba rala com pingos de terra.

Tinha convencido quatro mercenários a lutar no seu lado. Amaro, como seu primeiro imediato, e Leôncio, Ivan e Aldyr, todos guerreiros experientes de outras revoluções ou ataques.

No caminho, entre invasões, mortes e saques, as mulheres se aquerenciaram ao grupo. Nunca se sabe quando a sede de sangue vai despertar nas pessoas, e nisso homens e mulheres são iguais.

A primeira, quando ficou sabendo do alistamento, pediu uma vaga a López. O albino olhou aquela estranha figura, uma mulher de compleição baixa, costas largas, pele acobreada. Sangue índio corria por suas veias, não se tinha dúvida. Não foi aceita, claro.

Logo em seguida, quando de um saque nas proximidades, a mulher provou que merecia um lugar entre os soldados. Acompanhou-os escondida e notou um federalista emboscado, à espera de López. Aproximou-se dele sem fazer barulho, e, quando o homem fez menção de atacar o Tenente, ela enfiou a faca no bucho do soldado. López devia sua vida àquela mulher.

Ela tomou do morto algumas roupas e o trabuco e ganhou do novo chefe um lenço branco de seda para atar no pescoço sujo de terra e sangue.

— Qual teu nome, moça?

— Ruana — ela disse, enquanto amarrava o lenço.

Chamavam a atenção seus cabelos claros, de um loiro queimado, que pouco combinavam com aquela tez de índia missioneira. De fato, parecia uma potra de pelagem ruana, aquela mulher.

Já Soledad não chegou a se alistar. Após uma noite em que eles se divertiram em um meretrício qualquer, a china passou a segui-los a uma distância segura, montada em um cavalo roubado do dono do estabelecimento. Estava interessada nos espólios dos lugares que o grupo invadisse, já cansada de ser da vida. O segredo não durou muito, e lhe deram a possibilidade de escolher: ou os acompanhava e servia aos homens ou seria enforcada ali mesmo.

Soledad, acostumada aos solavancos da vida, não fez muito caso. Aceitou a nova sina. Terminou por se mostrar uma boa companheira. E alguns dias depois, não sem empurrões e xingamentos, ganhou o poder de decidir com quem se deitar, quando se deitar. De resto, era tratada como um soldado qualquer.

— Estamos entrando no território do bandido do Gumercindo Saraiva — disse López ao fazer seu cavalo esbarrar no alto de um cerro. — Não precisamos ter medo, pois recebemos notícias de que estão todos a caminho do Uruguai. Por causa disso, a ordem é fazer estrago, não deixar testemunhas. Se eles ainda não sabem a força de um governo legalista, é hoje que vão descobrir!

Seu cavalo espumava de suor, inquieto, precisando ser segurado pelas rédeas para não continuar a corrida.

— Nosso destino é a Estância Curral dos Arroios, e tudo que encontrarmos daqui até lá pode ser destruído ou confiscado, sob a autoridade do senhor Júlio de Castilhos. Alguma dúvida, senhores?

— E quando vamos descansar, patrão? — perguntou Amaro, o mais velho dos soldados. — Não que estejamos cansados, mas os cavalos precisam de água, e temos mulheres com a gente.

— Não estamos cansadas, Tenente — disse Ruana, de cima de sua montaria. Segurou firme o olhar dos homens que ainda não confiavam naquela mulher. Ruana tinha sangue índio nas veias, mas não era isso. Existia algo a mais. E isso os incomodava.

— Não precisamos parar nunca, *mi amor* — disse Soledad. Apesar do cansaço, a mulher não reclamava. Caso fosse necessário, cavalgaria até morrer, sem pedir para parar. Ela seguiria López aonde quer que ele fosse.

— Admiro a coragem das moças, mas o Amaro está certo. Prudência também é coragem. Logo mais, a gente vai descansar e comer boa comida. O primeiro rancho está mais próximo do que os senhores imaginam.

Hermano López esporeou seu cavalo e foi seguido pelo grupo a todo galope. O sangue índio de Ruana fervia nas veias, e ela não conseguia conter a emoção ancestral que tomou conta de seu corpo, como um gozo que se espalha do ventre e extravasa em um alto grito de guerra. Contagiados, eles dispensaram toda a prudência, e o caminho todo foi feito com gritos *sapucays*.

— Ô de casa! — o Tenente Hermano López gritou. Não foi nenhuma surpresa. Ouvimos o som dos cavalos a galope, dos seus gritos, muito antes que chegassem.

Postavam-se todos a alguns metros da nossa casa. Aquele homem de pele branca encarava nossas janelas, parado, enquanto seus soldados cobriam todo o perímetro frontal do rancho, um do lado do outro.

De onde eu estava, podia enxergar bem. As duas mulheres se posicionaram à direita, tentando se proteger de eventuais disparos atrás de um antigo poço de água. Os homens, à esquerda de López, ficaram perto de uma figueira bem copada.

López observava com desdém o nosso rancho barreado, com telhado feito de capim santa-fé. As janelas de madeira estavam fechadas, e nenhum barulho escapava de seu interior. Parecia um animal gigante repousando à luz da lua, com seus contornos imperturbáveis.

O Tenente fez o cavalo avançar até mais próximo da porta. Sentiu o forte perfume de jasmim. De dentro, vinha o rosnar do cachorro e mais nada.

— Senhores — continuou —, somos apenas soldados famintos e em busca de pouso. Franqueiem nosso ingresso e recebam o agradecimento do presidente Júlio de Castilhos.

Aguardou alguns instantes e pegou um fumo já picado do bolso da jaqueta e passou a fechar um palheiro, enquanto tentava escutar sinais de movimentação vindos de dentro.

O homem riscou o fósforo e seus olhos brilharam. Tragou uma primeira baforada do tabaco castelhano, eu reconhecia o cheiro de longe. Uma pequena brisa vinha dos lados do mar, trazendo consigo um cheiro que não lhe era conhecido, algo de amargo, um animal marinho apodrecendo, talvez. Nesse momento, o cavalo começou a demonstrar inquietude. Apontava uma orelha para o nosso rancho e, com a outra, procurava algum som inaudível para os humanos.

O canto agourento de uma coruja quebrou o silêncio da noite. Os cavalos relincharam e escarvaram no chão. É agora, *abuela*, eu disse baixinho. Contamos até três e abrimos a porta e a janela ao mesmo tempo. A *abuela* estava na janela, com um rifle apontado na direção dos homens. Um olho escondido nas sombras e o outro, fechado, como a fazer mira, sendo impossível para eles adivinharem sua cegueira.

O Tenente enxergou minha silhueta negra sob o limiar da porta escancarada. Pude ver seu espanto. Não fazíamos nenhum barulho, e eu olhava de volta para aquele homem com a face iluminada pelas brasas do palheiro. Eu tinha uma garrucha de dois tiros apontada para a testa dele.

López não reconheceu nenhum medo no meu olhar, eu não daria esse prazer a ele. Pude ver que o homem não era acostumado com isso.

— Aqui vocês não são bem-vindos. Podem voltar de onde vieram. Se continuarem, são homens mortos — eu disse.

— Boa noite, senhoras. Estão sozinhas?

Todos escutaram o clique do emartilhar de outro rifle. O meu filho, Floriano, escondido nas sombras de um galho alto da árvore, também estava pronto para atirar. López recuou seu cavalo e analisou a situação durante alguns segundos.

— Vocês têm três armas, mas nós somos sete. Mesmo que vocês atirassem, de nada adiantaria. Não é melhor nos servirem uma boa janta, nos oferecerem uma boa cama e, quem sabe, você aí, mocinha, me ofereceria um bom divertimento, em vez de sangue? Assim todos terminaríamos a noite contentes e satisfeitos.

Mas que desaforo. Nem morta eu permitiria que esse homem se deitasse em mim. Fechei os olhos e comecei a conversar com a santa. *Manglimos Katar e Santa Sara Kali Tu Ke San Pervo Icana Romli Anelumia...*

Os cavalos ficaram nervosos, com as ventas abertas, atirando a cabeça para cima e soltando pequenos relinchos. Os animais sentem antes dos humanos, e isso todos os homens atentos deveriam aprender.

López tentava entender, mas escutava apenas sussurros, em uma língua estranha. Eu falava com Santa Sara Kali na minha língua materna... *Tu Ke Biladiato Le Gajie Anassogodi Guindiças Tu Ke Daradiato Le Gajie.*

Eles não tinham como entender o nosso romani, mas Sara Kali nunca nos abandonaria.

O cachorro ovelheiro saiu de dentro de casa, com os pelos eriçados e mostrando os dentes para os bandidos. Estava mais do que disposto a morrer junto com a gente.

Santa Sara Kali enfeitiçou todos eles. Deixou-os perdidos naquela inércia por alguns instantes, mas era impossível conter o inevitável. Nós duas sabíamos. Já estava escrito fazia muito tempo.

Das sombras da figueira, vi o primeiro clarão. Cavalos e guerreiros se assustaram com o tiro. Os animais tiveram de ser contidos à rédea curta. *Tai Chudiato Anemaria Thie Meres Bi Paiesco Tai Bocotar Janes So Si e Dar, E Bock...*

O balaço atravessou a barriga do que chamavam Ivan. O mais estranho era que ninguém escutava nada, nem os estrondos, nem os gritos. Estavam todos no vácuo da batalha, presos naquele tempo que é próprio de quem está lutando, impossível de explicar. Soledad avançou correndo em nossa direção e gritou:

— Até a morte!

Vi quando o estouro iluminou os olhos esbranquiçados da velha *abuela*, que sorriu ao sentir que a bala derrubava a inimiga. Uma pena que ela não pôde ver o rosto desfigurado, com carne e miolos por todos os lados.

Floriano se precipitou e se atirou da árvore, com sua faca de prata na mão, e correu em direção ao homem que havia baleado. O pai se orgulharia. Quando Amaro se deu conta do que estava acontecendo, se atirou do cavalo e segurou meu filho antes que ele conseguisse cravar a faca no corpo do ferido.

— Mas que lindo! Quem sabe levamos esse pequenote com a gente, patrão? É um potrinho bravo!

Escutei isso e meus pelos se eriçaram, mas vi no rosto de Hermano López que isso não aconteceria. Ele observava a cena sem acreditar no que se desenrolava na frente de seus olhos. Também desmontou e ordenou:

— Sem testemunhas!

O homem me encarou com ódio. Eu sustentei seu olhar. Esperaria o meu fim com dignidade.

Thai O Duck Ano Ilô Thiena Mekes Murre Dusmaia Thie Açal Mandar Thai Thie Bilavelma Thie Aves Murri Dukata Angral O Dhiel Thie Dhiesma Bar.

Quando ele deu mais um passo, disparei a garrucha, mas o encanto já tinha perdido o efeito, e a bala passou longe daquele bandido.

— Não atirem! — gritou López, que caminhava sem pressa em minha direção. Nos encaramos, ninguém piscou. O mundo não tinha nenhum som.

Escutei minha *abuela* ser trespassada pela espada de um dos homens e cair no chão duro do rancho.

Consegui ver o tal de Amaro jogar o meu filho longe, como quem joga fora um resto de comida qualquer. O bandido tirou a faquinha de prata das mãos do Floriano e cortou o pescoço do meu menino.

Nenhuma mãe devia ver seu fruto ser devolvido à terra; o sangue no campo, com a vida que havia saído de meu próprio ventre se extinguindo, e a terra puxando tudo de volta para si.

Sastimôs Thai Thie Blagois Murrô Traio Thie Diel O Dhiel.

Nada mais me importava.

Antes de morrer, vi de perto a loucura nos olhos azuis e injetados de sangue de meu algoz. Enquanto me prendia pelo pescoço, encostada na parede, ele sorria ao ver meu desespero por ar. Eu podia ver as veias sob a sua pele. Consegui puxar um pouco de ar e falei em voz baixa e rouca. Ele não entendeu e pediu para eu repetir.

No seu ouvido, prometi vingança, nessa vida ou em qualquer outra.

— Sua puta — foi assim mesmo que ele falou.

Aproveitei a proximidade e peguei a navalha do Tarcísio, que eu havia guardado no bolso da minha saia. Dei uma risada para provocar o homem e risquei sua pele branca. Da testa até a bochecha, deixei para sempre a minha marca no rosto do meu assassino.

Depois foi só um clarão e mais nada.

3

ACEGUÁ, REPÚBLICA ORIENTAL DO URUGUAI
5 DE FEVEREIRO DE 1893

O HOMEM POR TRÁS DAS IDEIAS DAQUELA REVOLUÇÃO recebeu todos os líderes para a reunião do Partido Federalista, que aconteceu protegida pelas grossas paredes da Estância Aceguá, naqueles dias secos do verão fronteiriço. Gaspar Silveira Martins estava parado de pé na soleira da porta, observando, ao longe, o local onde havia sido o acampamento dos quatrocentos homens de Gumercindo Saraiva. Ainda podia sentir o cheiro de churrasco que emanava das fumaças de lenha seca e até mesmo escutava a gritaria dos homens, ansiosos pela luta, corajosos pela canha. Uma gota de suor descia pela sua testa, e ele a secou com o lenço de seda branco que levava sempre no bolso do casaco.

Virou-se e enxergou a própria imagem no espelho de prata, na parede do outro lado da sala. As formas estavam distorcidas, o rosto estava cansado, mas ainda era o mesmo de sempre. Alto, forte, com a barba cheia e comprida, embranquecida nos últimos meses. Usava um terno marrom-escuro, uma gravata estampada, uma camisa branca com abotoaduras de ouro, compradas no exílio na Europa. Apenas os sapatos, com uma fina textura de poeira, mostravam que aquele homem estava longe da alta sociedade com a qual estava acostumado a lidar. Gaspar Silveira Martins havia nascido para a liderança. Perdê-la, depois de um golpe militar, mexia com seus brios.

Tinha fama de ser um homem de ditos fortes, que, por vezes, até tangenciavam suas próprias convicções em nome de uma boa frase de efeito. Ele sabia que eram os enunciados que o tornariam imortal, que seu corpo poderia apodrecer sob a terra, mas que suas ideias seriam para sempre lembradas.

Para o assunto que o havia levado ao Uruguai, Gaspar Silveira Martins tinha que ser cauteloso. Caminhou devagar pela sala, passou a mão pelo espaldar das cadeiras altas da mesa de jantar em que ainda naquela semana havia batido o martelo sobre a invasão de sua Pátria. Estava acostumado a discursar com políticos e advogados, mas aquela gente, a gente do campo, das estâncias, das guerras, era vinho de outra pipa. Palavreado bonito não os convencia. Aqui, onde estava, a eloquência capaz de deixar o Senado aplaudindo de pé não valia de nada. Para aqueles homens e seus soldados, o que valia eram a hombridade e a palavra empenhada.

As atrocidades cometidas sob as ordens do presidente não podiam ficar impunes. Era nas feridas desses homens que ele plantava a semente da guerra.

Naquela sala se reuniram para ouvi-lo o General João Nunes da Silva Tavares, o Joca; seus irmãos Francisco e Zeca, Estácio Azambuja e Gumercindo Saraiva.

— Senhores, de nada adianta adiarmos ainda mais o inevitável — disse o General Joca Tavares, com a voz grave e firme. Encarou a todos. Não era uma figura a se discordar.

Joca levantou-se da cadeira para que ninguém desviasse a atenção de seu discurso. Apesar da altura, do rosto sisudo, do olhar de geada, era um homem querido – e temido – por todos.

O General era veterano da Revolução Farroupilha e da Guerra do Paraguai. Esteve envolvido na morte de Solano López. O soldado Chico Diabo, homem de confiança de Joca Tavares, foi quem acertou, com uma lança, o golpe fatal no ditador paraguaio.

— Enquanto aguardamos, os bandidos do Castilhos continuam as agressões. Nenhuma de nossas famílias está escapando. Vocês lembram o que aconteceu com Facundo, em Porto Alegre? — cofiou a barba grisalha, abaixo do nariz largo dos Tavares, com uma verruga do lado esquerdo.

— É claro que lembramos — disse Estácio Azambuja. — Mas...

— Às vezes, sinto que se faz necessário aclarar a memória de todos. Pois bem, como eu vinha dizendo, a casa do nosso Facundo não foi apenas assaltada pelos homens do Castilhos. A ordem daquele embuste era exterminar a família Silva Tavares. Pra nossa sorte, aquele homem é um incompetente.

— Mesmo assim ele conseguiu matar os filhos do nosso irmão — completou Francisco Tavares. De voz suave e calma, falava mais arrastado que os irmãos.

Francisco era advogado e havia sido o primeiro vice-presidente do Estado do Rio Grande do Sul. Era um homem mais ao estilo da capital, polido pela vida naquela cidade de aparências, cabelo bem-cortado, bigode e apenas uma barbicha sobre o queixo.

— Temos ainda a situação grave ocorrida com a família do Latorre... Enfim, não vejo mais como segurarmos — completou Joca Tavares e aguardou que suas palavras fizessem efeito.

— Não esquecendo o que eles fizeram no Limoeiro — disse Zeca Tavares. — Aquele porco degolado na minha cadeira ainda está atravessado na minha garganta!

Zeca apertou a mão direita, como a tentar conter um soco. Tinha ódio de Maneco Pedroso. A invasão à estância do Limoeiro não ficaria assim, repetia sempre.

— E caso *usted* não se lembre, Gaspar — arrematou Gumercindo, — olha o que aconteceu com Terêncio, apenas por não nos entregar. O que mais estamos esperando, *hombres*? Somos feitos de quê?

Mesmo sendo um homem de paz, Terêncio Saraiva sofreu as consequências por ser primo de Gumercindo. Sua estância foi invadida; seus empregados, fuzilados na frente das mulheres. Terêncio foi levado para o campo aberto e torturado durante vários dias a fim de que entregasse informações. Por manter-se em silêncio, havia sido obrigado a cavar o próprio túmulo, mas, antes de terminar a tarefa, foi estaqueado em uma árvore e, por fim, jogado, ainda vivo e castrado, para uma morte lenta na cova que ele mesmo abriu. O peso dessas lembranças grudava nas vestes dos homens, escorria como suor e selava, silenciosamente, a decisão dos guerreiros da fronteira. Encheram-se copos de pura, gargantas pigarrearam, cigarros foram acesos.

— Vosmecês sabem que nossas prioridades são nossas ideias, não qualquer revanchismo ou *vendeta*... — disse Gaspar Silveira Martins, fingindo que tentava apaziguar os ânimos.

— Minha única ressalva, senhores, é o que já estão espalhando sobre nossas ideias — acrescentou Estácio Azambuja, fala lenta, voz grossa e pastosa. O homem estava com o rosto sério e tenso. Tinha a boca contraída. — Não estou me juntando em uma revolução para o retorno da Monarquia...

— Isso é um absurdo! — asseverou Silveira Martins. — Nenhum de nós está aqui para isso. O problema é que o presidente do Estado é dono do jornal, e ele descreve tudo o que fazemos com a tonalidade que bem entende. Se fracassarmos, senhores, seremos lembrados pela história mentirosa narrada no *A Federação*. Podem ter certeza disso que vos falo!

Um silêncio tomou conta da sala. Não importa o que dissessem, lutavam por poder. Ninguém gostava de perder influência e, desde a Proclamação da República, aqueles homens com título de nobreza não distribuíam mais as cartas da política nacional. Porém, essas motivações tinham que ser escondidas.

— Não podemos perder a guerra, meu irmão — disse, de forma segura, Joca Tavares. — Vivemos desde sempre com o fardo de defender interesses legalistas e sermos chamados de tudo que convém aos opositores. Agora somos imperialistas, mas em seguida vão dizer que queremos anexar o Estado ao Prata ou qualquer outra dessas balelas de sempre.

— Pois então digo que precisamos deixar isso mais claro... — disse Azambuja.

Gaspar sabia o que deveria ser dito, mas sabia também que precisava deixar que os homens daquela mesa tomassem a iniciativa, pois não eram do tipo de se tocar por diante, como um rebanho. Eles deviam pensar que a decisão havia partido deles.

Joca Tavares empurrou a cadeira para trás e ficou de pé observando seus correligionários. Soltou um suspiro de cansaço. Era um homem maduro, queria cuidar dos seus negócios, aproveitar a velhice nas estâncias, com a família, com os amigos — mas sabia que teria que lutar mais uma vez. Alisou a farta barba branca e encarou os presentes:

— Faremos uma proclamação, senhores. Uma que não deixe dúvidas de nossos objetivos e que, caso necessário, sirva de contraponto às mentiras daquele jornal que não é mais que uma peça de propaganda governista.

Gaspar Silveira Martins aguardava aquele momento. Buscou folhas em branco e pôs-se a passar a limpo, com uma pena de prata que molhava em tinteiro, o discurso emocionado que o General João Nunes da Silva Tavares começou a ditar:

— *Os povos oprimidos, em armas, no Estado do Rio Grande do Sul, estão sendo injusta e atrozmente caluniados em seus nobres e elevados intuitos patrióticos. Nossos adversários, com o desígnio pérfido de tornar antipatriótica a opinião à Revolução, apontam-nos no país como restauradores da monarquia. Essa é, no entanto, uma monstruosa calúnia!*

Nesse instante, foram interrompidos por uma batida forte na porta. Gaspar olhou irritado para a sentinela, mas mandou que liberasse a passagem. O homem atravessou a sala fazendo barulho de esporas, riscando o assoalho de madeira. Nas mãos, uma Remington de tiro único, presa por um fiel de couro.

— Patrão, um parente do senhor Gumercindo pede uma palavra com ele. Eu avisei que teria que esperar, mas ele informa que é urgente.

— Parente? O Aparício está aqui? Por que não mandou ele entrar?

— Não é o Aparício, senhor, Aparício continua

acampado com os uruguaios. Esse sujeito falou o nome, mas esqueci.

Ao ser levado para sala, Tarcísio tinha os ombros caídos e os olhos inchados, a cara barbuda e suja de terra.

— *Buenas*, seu Tarcísio — disse para o visitante. — Apesar de parecido comigo, não é meu parente, mas um dos meus agregados — explicou para a sentinela. — Pode falar, homem. Estamos no meio de uma reunião importante.

— As notícias que trago de Santa Vitória do Palmar não são boas, senhor.

Gumercindo pressentiu a gravidade do assunto, pediu licença aos outros e convidou Tarcísio para dar uma caminhada ao ar livre.

— Conte-me o que aconteceu, *che*. Mas conte desde o começo, preciso saber de tudo antes de voltar para aquela sala.

A luz da madrugada até poderia pintar um lindo retrato, mas não daquela cena. O cavalo chegou quase sem forças, o suor transformando o pelo colorado em zaino escuro, com crostas de sal se ressecando sobre a pelagem. Com a boca espumando e as orelhas apontando o rumo da casa, o animal empenhou todas as forças para que chegassem o mais rápido possível. Quando teve nas ventas o cheiro da morte, se sentou sobre as patas traseiras, em uma parada abrupta, e negou seguir em frente.

O meu homem percorreu os últimos metros a pé, com as pernas fracas por todas aquelas léguas em trote largo. Com um arrepio na espinha, Tarcísio entendeu tudo. Eu sempre disse que os homens são maus por natureza, que basta terem a oportunidade. O horror e a loucura estão mais próximos do que imaginam. Tarcísio teimava em dizer que eu inventava essas histórias só para enlouquecê-lo.

Ele enxergou nossa casa. O rancho silencioso, porta e janelas escancaradas. O sol já queimava, mesmo com a leve brisa que vinha do mar naquelas horas da manhã. Ele apenas observava, mas não tinha coragem de entrar. Decerto, podia adivinhar a cena que encontraria – a violência dos castilhistas já era famosa naqueles dias.

Enfim, respirou fundo e avançou. Acelerou o passo nos últimos metros e encontrou tudo o que não queria encontrar: nossos corpos enfileirados, machucados, com os olhos esbugalhados e os pescoços cortados sobre uma cama de sangue negro e terra. O corpinho pequeno de Floriano entre o meu e o da *abuela*.

Tarcísio se entregou. Sem forças, veio cambaleando até cair de joelhos ao nosso lado. Gritou até não ter mais voz, as lágrimas escorreram até secar. Beijou minha boca, acariciou meu rosto, e olhou para os meus olhos mortos. Era tarde demais para despedidas. Fechou as pálpebras.

Ateve-se ao Floriano. Nas mãos do menino sobrava apenas a bainha da faca de prata; a arma tinha sido roubada pelos homens que fizeram aquilo. Na parede, escrito em vermelho vivo, havia um recado: *Gumercindo, tua cabeça será nossa.*

Rezou como sabia, cavou sepulturas, enterrou nossos corpos. Era uma sensação estranha, estar no próprio enterro. Senti uma tristeza viva, como um bicho nas entranhas. Não por mim, claro. Sempre estive pronta para a morte. Mas por Tarcísio. Ele teria uma existência vazia, agora. Viveria apenas para se lembrar da nossa morte.

Tarcísio secou uma última lágrima. Não voltaria a chorar.

Me aproximei, tentei acariciar sua fronte. Cheguei bem perto do seu ouvido e pedi nossa vingança; ele não escutou minhas palavras, mas a ideia nasceu.

Antes de partir, já à noite, encontrou uma garrafa de canha, tomou em um só gole. As mãos firmaram.

Procurou a querosene das lamparinas e molhou as cortinas e os poucos móveis da casa. Riscou um fósforo e deixou que o fogo consumisse o que havia sido o nosso lar. Precisava daquela despedida para poder seguir em frente. Sentou-se no chão e observou o velho rancho ser consumido pelas labaredas. Naquele instante, escutou um choro agudo, e o cachorro saiu correndo de dentro do rancho com o rabo entre as patas.

Eu tinha esquecido do animal. Devia estar escondido embaixo da cama, em algum canto, sabe-se lá onde. O cachorro se enrodilhou ao seu lado, enquanto o teto de palha caía no chão. O fogo subia ainda mais alto, e ele teve a impressão de enxergar uma sombra nas chamas.

Atento, Gumercindo Saraiva escutava a história que Tarcísio contava pare ele. O sangue fervia nas veias do caudilho.

— Quando consegui ir embora — disse Tarcísio —, fui direito à Estância, para avisar o acontecido, mas já era tarde demais. Curral dos Arroios foi saqueada. Na casa, destruíram o que puderam, mas Dona Amélia e os seus já tinham conseguido partir. Estão no Uruguai.

Saraiva conteve as emoções e agradeceu.

— Vou ter uma conversa com os outros Generais por aqui, mas já le peço um favor: que todos engraxem bem as cordas, passem sebo nas lanças e revisem o fio das espadas. Não temos tempo a perder.

A guerra estava decretada.

— Para *nosotros,* é agora ou é já, senhores. As tropas estão organizadas. Temos soldados em toda fronteira somente esperando ordens. Notícias do Cabeda? — Gumercindo tinha pressa.

— Rafael Cabeda e os outros militares já desertaram das forças oficiais e estão conosco na Revolução — respondeu Estácio Azambuja.

— Vamos precisar que essa turma de oficiais faça uma convocatória aos outros colegas. Seria importantíssimo que mais gente se juntasse à nossa causa — afirmou Zeca Tavares.

— O que mais me preocupa é o estado das nossas forças. Exceto pelos oficiais, estamos com uma tropa armada de lanças com ponta de tesoura de tosquia. Precisamos financiar a compra de armas. Júlio de Castilhos não vai poupar esforços para nos submeter a uma estrondosa derrota.

— Armas? Claro que precisamos de mais armas, mas o que temos é o suficiente para o começo — Gumercindo fez um aparte: — *Pero*, o que precisamos de mais urgente, senhores, é de cavalos.

Os homens ficaram alguns segundos aguardando o próximo passo.

— Providenciaremos isso. Armas, cavalos e tudo o que for preciso — disse Gaspar Silveira Martins. Ele sabia que era chegado o momento, não tinha mais volta. Quem diria que aquele gaúcho atrevido, nascido nos campos da Estância do Aceguá, estava prestes a invadir o Brasil. Ele, que tivera os cargos mais altos no Império, agora era um revolucionário. Era chegado o momento de ser incisivo nas palavras e conclamar os homens às armas.

— Eu sempre soube que não morreria dormindo, senhores, mas isso nunca me assustou. Prefiro morrer no bom combate a morrer na inércia, vendo o que tiranos como o inapto do Júlio de Castilhos estão fazendo ao nosso fértil solo. É bem verdade que eu preferiria, caso pudesse escolher, morrer nos braços de uma *prendita* bonita!

Os irmãos Tavares se encararam, cúmplices silenciosos nas desconfianças com o conselheiro Gaspar e seus rompantes.

Gaspar continuou:

— Mas se for da vontade de Deus, pois que eu morra para libertar nosso povo da tirania! Viva a República! Viva a Nação Brasileira! Viva o heroico povo do Rio Grande do Sul!

Aos gritos de bravo e batidas entusiasmadas na mesa, estava autorizada a primeira invasão ao solo brasileiro pelos homens de Gumercindo Saraiva, enquanto os demais voltariam em direção às tropas para continuarem os planos. Apesar da fama de taciturno e sério, Gumercindo Saraiva foi visto sorrindo naquela noite.

4

FRONTEIRA DO BRASIL COM A REPÚBLICA ORIENTAL DO URUGUAI
FEVEREIRO DE 1893

Os federalistas estavam acampados perto do casebre de Maria Castelhana. Ao longe, Tarcísio escutava gargalhadas e aplausos de homens que se desafiavam em trovas infinitas; alguns apenas assistiam, acampados com suas mulheres e filhos. Meu marido, por sua vez, só escutava, fazendo carinho com o bico da bota no lombo do azulego, que ainda estava todo estropiado.

No rancho, a uruguaia oferecia diversão para os soldados, onde algumas charruas e até mesmo brasileiras se vendiam por quase nada. Rezava a lenda que eram limpas e dispostas. Nunca gostei dessas mulheres.

Gumercindo Saraiva escolheu aquele ponto pela localização. O passo da Maria Castelhana era propício para uma cruzada discreta, por entre capões de mato fechado, águas rasas – perfeito para esconder armas e mantimentos quando fosse necessário emigrar para o Uruguai.

Era uma noite de lua crescente, febril; fogueiras espalhavam fumaça de madeira verde, havia cheiro de assado nas brasas e acordes de milongas em pequenas rodas. Alguns ansiavam pelas guerras e, naqueles dias, pareciam se preparar para um fandango. Mas não o meu Tarcísio. Ele tinha os olhos parados. Estava sem forças.

— Toma cá um mate, homem de Deus... — disse Don Guiraldes e passou para ele a cuia *galleta*. — Não pode ficar só na canha.

Tarcísio, de forma automática, passou a sugar a bomba de prata e deixou que o mate fizesse seu trabalho, tirando a dor que lhe consumia o corpo, a cabeça e a alma.

Os dois estavam sentados sobre pedras no chão, escutando a água ferver na cambona sobre as brasas. Ouviam o zunido de milhares de mosquitos, o cricrilar dos grilos e o bater das asas dos cascudos veraneiros, que se chocavam contra seus rostos suados. Não corria uma pontinha de vento.

— Deixa eu te dar cá um conselho, *mi hijo*: fica aqui

pelo Uruguai mesmo. Vosmecê não tem mais por que pelear, deixa essa luta pros velhos.

Nessa hora desejei a morte de Guiraldes. Tarcísio tinha que se vingar por mim.

— Nem pensar, Don Guiraldes. Que tipo de homem seria eu se desertasse, *viejo*? E eu não sossego enquanto não pegar quem fez aquilo com a minha família.

— Como saber quem foi?

— Se eu não descobrir, não vou parar até que o último pica-pau esteja morto sobre esta terra. E se eu não conseguir, é porque morri antes... E apenas por isso.

— *Muy bien*... Se é vingança que tu precisa, conta comigo — disse Don Guiraldes e estendeu a mão bruta para selar aquele acordo com Tarcísio, que manteve o olhar do velho amigo e segurou firme sua mão. — Mas fique sabendo, e eu sei disso apenas por ser velho, tua busca vai te consumir por dentro, até não sobrar mais nada.

— E o que mais me resta?

O velho desistiu e deitou-se sobre os arreios, encerrando o assunto.

Mas como uma erva ruim, aquele sentimento começava a se enraizar na cabeça de Tarcísio, consumindo as boas lembranças, corroendo as bases com a ferrugem do ódio.

Vingança.

Depois de deixar o *viejo* dormindo, Tarcísio foi tomar uma fresca, alongar as pernas. Caminhou, acompanhado do ovelheiro, em direção à nascente de água perto do rancho da Castelhana. De dentro da casa, vinham vozes, sussurros, gemidos de falsos prazeres. Já na fonte, atirou água no próprio rosto, procurando um pouco de conforto naquela noite modorrenta. Do capão de mato, logo atrás das casas, teve a impressão de que o observavam das sombras. Era eu quem tentava contato.

Acelerou o passo na minha direção, não enxergou nada. Ficou em estado de alerta até reparar quando passei correndo e entrei no mato fechado, provocando uma revoada de pássaros que até então estavam descansando em seus ninhos. Sentiu-se atraído por meu vulto e veio atrás. Tinha a respiração descompassada. As mãos tremiam.

O cachorro, farejando o nada e com os pelos eriçados, parecia aguardar o combate.

Ao chegarem na entrada da trilha, perceberam, entre as sombras do mato fechado, olhos que brilhavam. Tarcísio puxou a faca da cintura.

— Quem está aí? Saia do escuro e venha brigar feito um homem!

O azulego farejou e uivou, em um choro baixo, balançando o rabo. Não sei como, mas o animalzinho me viu. Uma coruja enorme descansava nas sombras, e me joguei sobre ela. O animal abriu as asas e voou na direção de Tarcísio. O silêncio voltou a imperar na campanha. Apenas o som das risadas loucas ao longe, dos grilos e do mato. No entanto, naquele momento sentiu um cheiro seco, apodrecido, como que rasgando os pulmões.

O ovelheiro saiu contente do mato fechado e correu em disparada.

Tarcísio teve uma noite de sono agitada. Escutou rezas antigas, e uma sombra que lhe chamava no fim de um túnel, mas não teve coragem de avançar. Acordou com sede e com o gosto amargo da madrugada exalando por todos os poros do corpo. Sentia um perfume de flores. Nem conseguiu lembrar como chegou de volta à cama de arreios. Buscou, no bocó de remédios, a pequena bolsa de couro onde guardava alguns pertences, o que precisava. Obteve o conforto de um trago de canha, mas apenas para firmar as mãos, era o que dizia para si mesmo, naquele novo ritual.

Don Guiraldes o esperava com um café forte e um naco de carne no espeto. Escutou o chiado da graxa que pingava nas brasas e o perfume da carne mal passada. Mesmo assim, podia notar o fedor de canha no Tarcísio. Ele sabia que muitos homens precisavam beber para enfrentar a batalha; os bêbados lutam bem na vitória, não temem o fio das espadas, nem esmorecem diante do chumbo inimigo, o que sempre fazia bem para o ânimo das tropas. O problema, no entanto, é que quando os borrachos entram em pânico, torna-se impossível comandá-los. Então, é bom não deixar que passem do ponto.

— Tenho uma pergunta — disse Tarcísio. — Alguma vez o *usted* pensa nas pessoas que já matou?

Don Guiraldes refletiu um instante, olhar parado, procurando as palavras certas.

— A verdade, meu filho, é que a gente tenta não pensar. Mas elas voltam sempre, nos sonhos, ou, quando menos se espera, lá vêm de novo... Sempre lembro do primeiro. Não foi em guerra, nem nada. Foi peleia de bolicho, *no más*. Nem sei o motivo, mas quando o olhar seca, a gente vê, bem na hora que a alma sai, ou quando o melado do sangue espirra na gente. Não tem como esquecer.

— Mas na guerra é só mais um, como se fosse um bicho, não?

— É um ponto de vista. Na hora é bom, não vou mentir. Quando a gente sente que pode tirar a vida de um homem, é poderoso, mas depois cada um que se vai é um peso maior a se carregar. E quando a gente fica velho, *mi hijo*, as costas doem...

— Antes que as costas doam, já pretendo estar morto.

— Isso só Deus sabe, Tarcísio, só Deus... — Don Guiraldes não estava gostando daquela conversa.

— Não sei se ainda acredito Nele. Não sei... Se a gente vem para o mundo com uma história já escrita, como dizia a *abuela*, pra que nascer? Não pode ser... Acho que a gente tem que poder escolher o que faz e a hora que vai embora.

A corneta soou três vezes e interrompeu de vez o assunto. Tarcísio e Don Guiraldes terminaram de emalar suas coisas e montaram nos cavalos. O toque do corneteiro era o aviso de que a hora havia chegado. A invasão ao Brasil estava prestes a começar.

O sol ainda estava tímido, mas a temperatura era elevada. Nuvens carregadas voavam baixas sobre as cabeças dos homens de Gumercindo Saraiva. A tropa não era numerosa. Além disso, faltavam armas e munições. Muitos soldados eram apenas peões de estâncias, uns pobres bichos recém-saídos dos cueiros, com quase nada de roupa. Quando o inverno chegasse, sofreriam com as geadas e com o vento minuano. A maioria deles sequer tinha espadas, carregavam apenas lanças.

Quando todos os homens se reuniram, cavalaria na vanguarda, infantaria ao centro, oficiais ao lado do comandante, Saraiva montou seu cavalo negro e tentou olhar para cada um dos presentes. Com a espada em punho, admirando o brilho das lanças afiadas nas mãos da tropa inquieta, disse:

— Senhores, é chegada a hora! Vamos salvar o Rio Grande desses déspotas e vingar nossos mortos — Continha a excitação de seu corcel, que escarvava o chão. — Vamos marchar em busca da liberdade e encontrar nosso General em Santana do Livramento para expulsar esses castilhistas da nossa fronteira.

Gumercindo levantou o braço e apontou com o aço da espada para o caminho por onde deveriam marchar. Esporeou o cavalo e galopeou na frente dos revolucionários, de ponta a ponta, passando confiança à tropa. Aproximou-se de Don Guiraldes e pediu que ele o acompanhasse na linha de frente; o velho seria o seu ordenança a partir daquele momento. Avançaram a trote. O chapéu de aba curta do comandante voou longe, e o lenço *blanco* tremulou feito bandeira. Apesar de lutar pelos maragatos, Saraiva ostentava no pescoço o lenço branco do partido no Uruguai. O exército revolucionário, daí em diante, passou a marchar atrás de seu líder.

5

PASSO DO SALSINHO, BAGÉ
11 DE FEVEREIRO DE 1893

TARCÍSIO OBSERVAVA, DE LONGE, os líderes na ponta da coluna. Escutou sussurros sobre o que os esperava. Estava ansioso, com a camisa inteiriça empapada, colada às costas. Tinha o chapéu baixo para proteger as vistas do sol, que, por vezes, escapava do céu mormacento e plúmbeo.

A tropa em forma trazia o burburinho dos homens, que conversavam baixo, escarravam no chão, gargalhavam nervosos, tentando conter a força dos cavalos furiosos, ladeando seus corpos de quase meia tonelada, pechando uns nos outros.

Soou a corneta, um único toque, pedindo atenção da tropa.

Don Guiraldes, que cavalgava na linha de frente, se aproximou ligeiro e sofrenou ao lado de Tarcísio.

— Os castilhistas estão logo em frente. As ordens do General Tavares são de que não iniciemos a briga. Mas fiquem atentos por aqui. Como está tua lança?

— Pronta pra furar pica-pau — disse em um riso apreensivo.

— Que assim seja, *hijo* — O homem bateu nas costas do outro, em uma espécie de boa sorte e fincou as esporas no animal, que disparou carregando Don Guiraldes até seu lugar na coluna.

Tarcísio não gostou de ver que os dois grupos de soldados carregavam estandartes com as mesmas bandeiras, em lados opostos da batalha. As histórias que ouvia desde criança eram brigas contra castelhanos, contra índios, ou de republicanos contra imperialistas. Mas agora ele via uma briga de irmãos, que se matariam por política. E ele nem entendia de política.

Tarcísio nem queria saber por que os outros lutavam, bastava saber das suas próprias razões. Observava os gaúchos ao seu lado, tentando adivinhar seus pensamentos. Apesar das agruras, era bom estar naquele pequeno exército.

O homem ao lado era velho, a barba branca não

mentia. Olhou Tarcísio com os olhos cândidos, antes de abrir a boca de dentes podres em um largo sorriso. Parecia um guri indo para o baile, de tão feliz que estava.

— Eu estava precisando de um entrevero desses! — ele disse para Tarcísio. — Um homem da minha idade, ou vai pra guerra, ou morre deitado em casa. Imagina que *vergüenza*! — Sua gargalhada se perdeu no vento que levantava, trazendo a polvadeira aos olhos dos soldados.

Sem dúvida, todos eles tinham medo. Tarcísio achava que estava preparado para o que viria, queria acreditar que estava ali por escolha, que cada sujeito tinha na vida aquilo que buscava e perseguia. De modo algum, queria acreditar que tudo era apenas uma sucessão de eventos planejados pelo destino, sem que ele pudesse decidir nada, como se fosse apenas uma disputa de sorte no jogo do osso.

Naquele momento, Tarcísio fechou os olhos e rezou um Pai-nosso, pulando os trechos que não lembrava. Foi bonito. Pediu a proteção aos céus e forças para cumprir com a vingança que nos devia.

Antes mesmo de finalizar as preces, escutou dois toques curtos do corneteiro. Era o aviso de que a peleia ia começar.

Qualquer homem estaria aterrorizado, porque uma carga de combate campal daquelas era terrível de se ver. Gumercindo Saraiva liderava quatrocentos e poucos homens, todos mal-armados, e eles seriam postos à prova naquele primeiro combate.

Tarcísio se arrepiou ao acompanhar a onda de gritos selvagens que os revolucionários passaram a entoar, uma mistura de gritos índios com berros de pavor — o homem em seu estado natural, pronto para a colisão. Recebeu, então, a carga de adrenalina, preparando-se para o combate. O coração também galopava, pressionava as veias do pescoço. As pupilas dilatavam e ele estava pronto.

Ao longe, os primeiros disparos, dos poucos homens armados que estavam na vanguarda. Olhou para o lado, e a loucura começou a tomar conta dos guerreiros. Fez força para conter seu colorado a rédeas curtas, mas o animal bufava, relinchava e tentava avançar. Tarcísio ainda esperava o momento em que o líder de sua coluna autorizasse o embate. Já se escutava o tinir de aço, e era chegada a hora dos lanceiros. Por último, iriam os gaúchos a pé. Um exército de peões pobres contra soldados mal preparados, em nada parecia com as histórias contadas à beira do fogo.

— Avante, senhores! — disse um dos comandantes. Mal escutou e já deu boca ao cavalo para galopar no rumo da luta. O colorado não hesitou, nasceu para a guerra. Sentiu uma carga elétrica no corpo, segurou firme as rédeas na mão esquerda e a lança na direita. Os músculos do braço tremiam pela força, mas ele não sentia nada, estava anestesiado.

Os cavaleiros dividiram-se em dois grupos, flanqueando os adversários. Mas foram recebidos com balaços, que desviavam e tentavam fazer fogo na coluna adversária de lanceiros.

Primeiro, Tarcísio escutou o barulho de trovão, um temporal de cascos de cavalo rasgando o chão duro da época de seca. Em seguida, os cavalos se encontrando, o que lhe pareceu a explosão de dois mundos colidindo, jogando cavaleiros para todos os lados.

Os pica-paus não eram menos loucos do que eles, corriam fanaticamente para o meio da batalha, competindo para chegar primeiro às lanças. Todos gritavam e xingavam. Ao que parecia, cada um queria se tornar um mártir. Em situação de vida ou morte, nenhuma hierarquia ou comando militar resiste, são todos iguais em busca de sobrevivência. E eles sabiam: é demonstrando bravura que o homem pobre tem a chance de fazer seu nome.

Tarcísio encarou um castilhista mais ou menos de sua idade, com os olhos turvos de medo. O pica-pau se encolheu antes mesmo que ele desferisse o golpe.

Tarcísio fez mira no peito, segurando firme a lança, prometendo o inferno.

Tinha o gosto do ódio na boca, o ódio que crescia na batalha, mas que havia começado bem antes, que vinha da parte mais sombria da alma, a parte que transformava homens comuns em assassinos frios e sem remorso. Entendeu que, na realidade, o homem nasceu para a guerra.

Tarcísio olhava para os soldados que combatiam e gritava para eles:

— Vamos, todos! Morte aos pica-paus!

Levou uma pedrada na cabeça. Sangue jorrava de sua testa, ele não se importava, ria feito um louco. Tarcísio saltou do colorado, um pouco desorientado, com a convicção de que queria matar. Encontrava-se em um redemoinho de homens brigando, procurava o que ele havia escolhido. Enxergou os olhos assustados do pica-pau e teve a certeza de que aquele homem seria sua primeira morte. Não queria apenas matar. Queria ser lembrado, queria que os outros olhassem para ele com admiração e medo.

Desviou dos pares que lutavam, cambaleando ao tropeçar em um corpo estirado no chão, mas, antes que caísse e fosse pisoteado por todos, foi segurado por um braço forte. Encontrou o olhar de Don Guiraldes e continuou seu caminho, no meio da poeira alta, da fumaceira dos tiros e do fogo que levantou em alguma palha seca.

Firmou a lança nas mãos e mirou o adversário. O pica-pau desistiu de fugir, encarando o destino e provocando Tarcísio ao brandir a espada militar. Avançaram um contra o outro. Tarcísio deu o primeiro golpe. O homem o desviou com facilidade e gargalhou, adivinhando a inexperiência do desafiante. Encorajado, desferiu vários golpes, mas Tarcísio conseguiu afastá-los com a ponta da lança.

Tarcísio gritava xingamentos, golpeando tudo que podia. O duelo também é de quem tem mais paciência.

O castilhista conseguiu desviar de mais uma estocada e acertou um golpe de espada no ombro de Tarcísio, que apenas continuava, sem sentir qualquer dor. A raiva lhe subiu ao peito, e quando o homem puxou a espada para um novo golpe, Tarcísio sentiu forte aquele cheiro de sangue, de fumaça, escutou o choque de outras espadas e avançou com toda a velocidade.

Com um golpe, conseguiu surpreender o adversário, deixando o homem paralisado por alguns instantes. Largou a lança e partiu para a briga mais rudimentar de todas. Trocaram socos, e o homem tentou segurá-lo próximo de si, em um abraço firme. Tarcísio conseguiu um pequeno espaço e acertou com uma força tremenda o rosto do inimigo, que desfaleceu.

Ele colocou o joelho contra o peito do homem, dificultando a respiração e golpeou o rosto dele, um soco atrás do outro. Um atrás do outro. O pica-pau ainda tentava se defender, mas, em algum momento, desistiu. Podia, enfim, entender qual seria seu destino. Tarcísio continuava a socar. Bateu até as mãos doerem, mas não via mais nada, apenas continuava.

Escutou, ao longe, o toque de retirada dos castilhistas e a ordem imediata de contenção da tropa ordenada pelos comandantes maragatos. Parou de golpear o pica-pau. *Voltem, canalhas!* Ouviu os gritos de vitória e os xingamentos contra os pica-paus, que, derrotados, disparavam. Ficou imóvel alguns segundos. Dois soldados o tiraram de cima do adversário.

Era apenas uma cabeça sem rosto, uma massa de carne e sangue, comida para os corvos. Levantou-se e procurou a lança no pasto pisoteado. Sua mão começou a tremer.

Don Guiraldes se aproximou montado em um lobuno, trazendo a encilha a cabresto. O *viejo* olhou para ele assustado, mas nada disse.

Tarcísio escutou o corneteiro soando o toque de vitória. Enquanto a fumaça dos tiros se dissipava, os sentidos voltavam a seu corpo, e ele pôde, enfim, enxergar o cenário ao seu redor: alguns homens mortos no chão, e, ao longe, o tropel dos castilhistas já sumindo no horizonte. Se uniu à festa dos companheiros.

Seu próprio batismo de sangue.

Quando um soldado bateu em seu ombro, Tarcísio reparou que estava ferido, o sangue a respingar na roupa. Enquanto isso, os oficiais maragatos enfiavam a lança nos corpos dos pica-paus que estavam no chão, para garantir a morte àqueles que agonizavam. Aquela não era uma revolução que permitisse muitos prisioneiros. No total, eram dezesseis.

Um oficial olhou para o morto de Tarcísio. Aquele não precisaria de clemência, não restava nada. Tarcísio se aproximou do corpo, recolheu a espada caída e a observou. Era bonita, com cabo de madeira trabalhada, com algumas tranças de prata, um forte guarda-mão de ferro. Não era uma espada longa, mas um espadim de prender aos arreios. Soltou a bainha do cinturão do outro, catou umas moedas e guardou no bolso. Seu primeiro espólio de guerra.

Logo em seguida, levantou-se e caminhou em direção ao *viejo,* que o aguardava um pouco afastado da confusão. Escutou um chamado e parou por alguns instantes. Teve a certeza de que era eu, Brida. Era a minha voz. Enxergou meu rosto desenhado na fumaça que lhe ofuscava a visão.

Eu estava ali. Mas não tinha mais forças e, antes que ele pudesse me tocar, desvaneci.

— Estou ficando louco... — ele disse.

Gumercindo Saraiva chegou perto dos homens, agradecendo a todos. Seu lenço branco estava manchado de sangue, começando a ficar maragato. Reparou no ombro ferido de Tarcísio e se aproximou.

— Parece que o amigo se lastimou. Limpa bem essa ferida pra não abichar. Cuidado com as moscas. E esse chapéu? Deu sorte ou não deu?

— Parece que deu, patrão. Derrubei meu primeiro pica-pau hoje. Perdemos muita gente?

— *Muy bien*, parabéns e que seja o primeiro de muitos. Mas fica atento que os pica-paus são bichos traiçoeiros. Nos levaram parece que um ou dois hoje, meia dúzia se pisou, gente de bem, mas guerra é guerra. Encilha teu cavalo e vamos *adelante*. Precisamos juntar nossas forças de uma vez, que essa batalha não estava nos planos. Agora a guerra começou de verdade.

O líder dos maragatos esporeou o cavalo e correu em direção à culatra, que ficava um pouco distante da batalha. Era lá que se encontrava a barraca com os mantimentos, além das famílias dos que não tinham casa para ficar. Gumercindo se dirigiu até lá para tranquilizar a todos com a notícia da vitória.

Tarcísio revisou as encilhas e apertou bem os arreios que haviam se afrouxado. Buscou um trago de canha na guampa guardada no bocó, acariciou a testa do cavalo e, num upa, subiu no lombo do animal, que reconheceu o dono, dando uma mordiscada no bico da bota.

6

CERRO LARGO, REPÚBLICA ORIENTAL DO URUGUAI
FEVEREIRO DE 1893

O MEIO-DIA QUEIMAVA EM BRASA a pele curtida *de los gauchos*, torrava pastagens, secava os poços, as sangas. Cavalos suados pastavam, maneados, no pátio da pulperia *Los Tabas*, uma antiga construção caiada de branco. Tinha a porta e as janelas pintadas de azul e uma grande varanda de largas colunas, com calçada de pedras. Por ali, pernoitavam andarilhos, velhos borrachos ou tropeiros em busca de refúgio.

O comércio ficava uma encruzilhada a caminho de Melo, passada de tropas, descanso também de peões e abrigo para contrabandistas quando a miliciada castelhana ou brasileira não recebia os quintos.

Naquela hora morta, não havia movimento. Os castelhanos honravam *la siesta*. Homens e bichos se entregavam à letargia do calor selvagem, que levantava vapor do chão, confundindo as vistas, que derrubava viajantes desavisados, enlouquecia as moças e perturbava a paz das famílias. Apenas se ouviam os sons do pasto arrancado pelos cavalos famintos, do balanço dos freios enquanto mastigavam, e do zunido das moscas, que pousavam sobre tudo e todos sem qualquer cerimônia. Um dos animais tentava espantar os insetos com a cola, mas era impossível; as moscas não desistiam.

O Tenente Hermano López se protegia na sombra de uma enorme figueira. Acordou, de súbito, camisa colada às costas, com a boca amarga e sem saber se estava no mundo dos vivos ou ainda no mundo dos sonhos. Tocou, na fronte, o lenço sujo de sangue, o corte no rosto. Precisava de uma *caña* ou um vinho doce para pôr as ideias no lugar. Levantou-se e saiu cambaleando até o bolicho, onde seus homens já esperavam.

Parou do lado de fora, revisou os trocos no bolso do cinturão e, por fim, adentrou. O ambiente era todo escuridão. Mesas se espalhavam sem ordem. Perto da janela, pôde ver Ruana, Amaro e os outros. Atrás do balcão, o *pulpero* observava atento, adivinhando os calaveras, oferecendo alguma bebida. Um lampião de querosene pendia de uma viga no teto sem forro. No canto, entre as sombras, um ponto de luz faiscava a cada tragada do cigarro de um vagabundo qualquer.

O lugar recendia a fritura, fuligem, homens suados e cachorros velhos.

— *Dígame* — disse o *pulpero*.

— Um quilo de *yerba*, charque e *galletas* — pediu López.

— *¿Nada más?*

— O que tem aí que um *cristiano* possa beber nesse calor dos infernos?

— *Agua bendita y vino. Y pa' los no cristianos tenemos caña.*

— Manda uma rodada de canha na nossa mesa e um pouco de queijo e salame e doce de leite.

— Que castelhano atrevido — disse López ao puxar uma cadeira sentando-se à mesa. Olhou-os, encarando um por um. Eram apenas cinco agora: a selvagem Ruana, o experiente Amaro, Leôncio e Aldyr. *Pocos, pero buenos*, como diziam por aquelas bandas.

— O patrão não vai acreditar no que escutamos enquanto vosmecê dormia... — disse Amaro.

— Pois então lo diga.

López pegou um pouco de fumo do bolso e desembainhou, da cintura, a faca de prata. *Que linda!*, pensava. Observava o trabalho de cutelaria, caprichado, coisa fina. Mostrou a faquinha para Amaro como em agradecimento pelo presente roubado do potrinho selvagem.

— Aquele sujeito que está pitando lá no canto chegou trazendo notícias da revolução. Parece que a peleia já começou.

— Não me diga! E nós perdemos isso?

— Por pouco! O Gumercindo entrou no Brasil por Aceguá e já foi bem recebido por gente nossa. Diz o paisano que a notícia que chegou é de que já demos de laço neles.

— Um brinde então! O senhor aí — chamou. — Se aprochega, *no más*, que o brinde é por minha conta. Nos fala mais da revolução...

O homem saiu das sombras e se aproximou do pequeno grupo. — *Me llaman Pobre Juan, su criado.* Era um andarengo, homem sem pouso nem paz, diziam que era filho de gente graúda, um estancieiro que cobriu alguma empregada e depois largou a pobre-diaba na estrada, com o filho debaixo do braço. O *Pobre Juan* pegou gosto pelos corredores e vadiava contornando os caminhos no Uruguai e no Brasil, vivendo de pequenas doações e caridades.

Hermano López picava o fumo de forma metódica e acomodava o tabaco amassado na palma da mão, em um ritual lento e relaxante de preparar o pito. O paisano não tinha muitas notícias além daquelas, mas aceitou o trago e contou o que escutou pelas *carreteras*. E tomou mais um e outros tantos tragos de cachaça, aceitando também qualquer comida que lhe ofereceram. O sol foi estendendo a luz, procurando repouso no acolhimento das coxilhas. Comemoraram durante a tarde, com direito a milongas e *payadas* no violão de madeira escura do *pulpero*, que se defendia tocando em primeira e segunda.

Ruana a tudo observava. Bebeu apenas um tira--gosto. Sabia que homens e bebidas traziam problemas. Era só questão de tempo. Pensava na guerra. Se os maragatos tivessem passado antes pelo seu caminho, ela estaria do outro lado, mas isso não importava. Ela não lutava por homem nenhum. Pouco importava se era Castilhos, Saraiva ou qualquer desses nomes que tanto falavam. Ruana lutava apenas por ela. Não foi com surpresa que descobriu que gostava de ver correr o sangue.

Pobre Juan, que agora declamava poesias para os homens de López, pediu um aparte e ofereceu uns versos para Ruana. As palavras *"criolla de pelos claros"* foram das poucas coisas que ela entendeu. Pediu que parasse, que ela não tinha dado essas liberdades. Todos riram, menos a mulher.

Ruana se retirou para a varanda e ficou a escutar

o barulho dos homens, enquanto observava o sol se entregar ao cansaço.

— *Señorita, ¿qué pasó? ¿Está triste?* — perguntou um sujeito que apareceu das sombras, vestindo trajes de comissário, chapéu cáqui, aba curta, bota negra. Ruana reparou que ele era jovem, com bigodes de pelos finos no rosto quase imberbe.

— Não passou nada, senhor — ela respondeu, bruta, e se afastou para o terreiro, onde os cavalos estavam maneados.

— *¡Calma, muchacha! ¿En cuánto sale la noche?*

— Se o amigo tá procurando china, tá falando com a pessoa errada — Ruana ergueu o rosto e observou o homem com raiva. — É melhor vosmecê passar pra dentro com os outros e me deixar aqui fora.

A mulher olhou para ele com os olhos oblíquos, tirou o cabelo claro da frente do rosto e colocou a mão sobre o cabo da faca.

O milico deu risada e avançou. Como todo jovem, mostrou-se confiante, e a arrogância fazia parte das vestes. Não era tipo de aceitar um não de uma cabocla como aquela. A mulher deu um passo atrás, mas o comissário foi mais veloz e, quando ela se deu conta, o homem já tinha uma das mãos na cintura, enquanto que com a outra puxava o cabelo, expondo o pescoço.

— Eu estou le avisando pela última vez que é melhor parar...

— *Hija de puta brasileña, no me provoques... Yo siento tu olor de hembra. Una puta que necesita un macho... Quédate tranquila.*

Ruana ainda tentou empurrar o homem mais uma vez, sentindo aquele bafo grudento sobre a boca e o nariz. Sabia o que precisava fazer. Mais nenhum homem abusaria dela, ninguém colocaria filho em sua barriga e a deixaria jogada, tipo um bicho qualquer, como fizeram com sua mãe. Isso não. Ruana pegou a adaga afiada e a embainhou, de uma vez só, bem no umbigo dele.

O fio entrou fácil, como se cortasse manteiga. Ela ainda deu uma torcida na lâmina antes de tirá-la para fora e receber um jorro de sangue viscoso na roupa. O homem cambaleou em direção à porta da pulperia; já era tarde demais. Quando tentava subir o primeiro degrau, caiu morto, estourando a cara no chão.

Quando o pulpeiro viu o que aconteceu, largou o violão em um salto e correu até o homem caído. López veio logo atrás e desviou do corpo. Ruana nem disse nada, apenas encolheu os ombros e foi recolher os cavalos, livrando-os das maneias.

— A senhorita não vai explicar o que aconteceu aqui? — indagou López.

— Patrão, ele fez o que os homens fazem. Eu avisei, mas não acreditou em mim.

— *¡Señores! ¡Este hombre es de la policía! ¿Qué hacemos ahora?*

López jogou alguns trocados no chão e pediu que o pulpeiro desse um jeito. *El Pobre Juan* já se embrenhou na escuridão, e ao longe se via a brasa de seu pito de quando em quando.

Sob o olhar curioso de todos, Ruana caminhou até o defunto e sacou de sua cabeça o *sombrero* cáqui. Colocou-o sobre a cabeleira e montou no cavalo.

— Acho melhor tomarmos nosso rumo, patrão — disse ela. Esporeou o animal e partiu a galope em direção à fronteira, antes de qualquer objeção. Restou aos homens apenas seguir.

7

CAMPOS DE BAGÉ, ENTRE OS RIOS PIRAÍ E NEGRO
16 DE FEVEREIRO DE 1893

Quando chegou ao acampamento, Tarcísio pôde dar atenção ao corte que pulsava no ombro. O tecido estava grudado na pele, e pus amarelo corria da ferida. As bordas do corte incharam, e se erguia um grande hematoma amarelo-esverdeado, onde se agitavam pequenas larvas.

As bicheiras pareciam dançar na fenda de sangue e melado, que começava a azedar. Ele puxou uma pela mão e fez uma careta de dor. Precisaria de ajuda.

— Era o que me faltava agora, ficar abichado igual cavalo velho — dizia sozinho quando Don Guiraldes se aproximou.

— Está feio esse teu machucado.

— Te anima a tirar os bicho?

— Me animar, me animo. Mas eu só sei cuidar de gado. Vamos encontrar o patrão, que parece que tem um médico de verdade por aqui.

Caminharam observando o acampamento. Eram quase duas mil almas reunidas, prontas para a batalha. O problema era que estavam em situação precária para um combate de verdade. Deviam ter pouco mais de cem rifles.

O ânimo da tropa não era dos melhores. Escutavam-se boatos de que os líderes vinham pedindo armas e munições necessárias, além de roupas para os soldados, já que alguns vestiam pouco mais que trapos. Diziam que, quando Gaspar Silveira Martins respondia, fazia-o de forma evasiva, afirmando que "sobravam poucos recursos". Diziam, também, que o General Tavares gritou na noite passada: "Mas se o encargo principal do homem não é ganhar a guerra, qual é?". Sussurros de acampamento.

Do outro lado das margens, havia capões de mato protegendo as sentinelas federalistas dos olhares inimigos. Enquanto o sol se deleitava nas águas do rio, de forma silenciosa e com os ouvidos alertas, Tarcísio e Don Guiraldes atravessavam os assentamentos de homens que descansavam atirados nos arreios.

O cusco ovelheiro, que os acompanhava sempre, farejou uma caça e correu em direção ao mato, perdendo-se nos arbustos ribeirinhos.

— *Permiso*, patrão — disse Tarcísio. Entraram na tenda militar onde Gumercindo Saraiva conferenciava com Joca, Francisco e Zeca Tavares, Estácio Azambuja, e mais dois estranhos.

Tarcísio observou que um destes era importante. Alisava os cabelos bem-aparados, tinha a voz mansa e cheia de acentos; o outro era um gaúcho quieto, escondido nas sombras, que mais parecia um capataz de tropa. Com os chapéus nas mãos, eles esperaram.

Gumercindo Saraiva sorriu quando reparou nos dois.

— Doutor Ângelo, deixa eu lhe apresentar estes sujeitos de minha confiança, meus agregados. Senhor Guiraldes, de *allá*, mas aquerenciado por aqui, está servindo como ordenança. E aquele ali, que pelo visto precisa dos serviços de vosmecê, é o Tarcísio, um bom tropeiro que, assim como o senhor, está perdendo o cabaço das peleias! — disse o comandante, às gargalhadas.

O médico Ângelo Dourado se levantou e cumprimentou os dois. Tarcísio notou que ele apertava a mão de leve, com a ponta dos dedos. Não gostou do contato. Eram mãos de quem nunca trabalhou de verdade, de quem nunca pegou no pesado. Escondeu o desgosto: precisava do homem.

— Vamos ver a ferida do cabra... — disse o médico, com o sotaque baiano que o caracteriza. Ele assobiou ao enxergar os animais se movendo no ferimento. — Parece que temos um pé de serra por aqui, com esses bichinhos dançando sem parar. Tenha mais cuidado na próxima, seu moço. Deixa que eu resolvo isso.

Dourado lavou as mãos na gamela de água. Buscou uma maletinha, catou a pinça cirúrgica, pediu a Don Guiraldes que colocasse a ponta de sua faca para aquecer no fogo, reforçando que não tinha recursos no meio do campo. Alheios aos preparativos para a cirurgia, os generais se irritaram.

— Era só o que nos faltava! Esse Júlio de Castilhos é uma vergonha, senhores. Uma vergonha!

— O que houve, afinal? Se é que podemos saber... — disse Guiraldes, após deixar a faca com cabo de osso sobre as brasas do fogão.

— Pois não é que perdemos a primeira escaramuça! — respondeu Saraiva, enquanto enchia a cuia com água quente e oferecia o mate para o ordenança.

— E como pode uma coisa dessas, patrão?

Francisco da Silva Tavares interrompeu Gumercindo e tentou explicar que os homens de Júlio de Castilhos estavam espalhando a notícia de uma vitória no Passo do Salsinho, e que logo o estado inteiro repetiria essa mentira.

— Aprenda uma coisa comigo, seu Guiraldes: lá na época dos reis antigos, lá do outro lado do mundo, eles contratavam cantores bardos para criar músicas, como nossas trovas, contando os feitos dos guerreiros e dos grandes heróis. Mas nem sempre quem tinha dinheiro pra pagar os cantadores eram os que peleavam nas batalhas, me entende?

Joca Tavares complementou:

— O que fica pra história, meu amigo, é o que está escrito, e esse desgraçado do Júlio de Castilhos é dono de um jornal. Se ele disser que nós somos bandidos, metade desses intelectuais de pouca bosta da capital vão acreditar nisso, o que não é bom pra nossa causa.

— Que grande vitória essa do senhor Júlio de Castilhos — disse Gumercindo. — Matou um dos nossos e perdeu um lote! Quem sabe mandamos fazer uma estátua pro homem?

Apenas o doutor Ângelo riu da piada. O grupo seguiu palestrando. Já o médico se aproximou de Tarcísio, mostrando as ferramentas e cantarolando uma canção alegre.

— É agora que a gente vê se o cabra é macho mesmo, comandante! — disse, para ver se o paciente se descontraía um pouco, mas Tarcísio o encarou com raiva. — Calma, gaúcho! Estou de chiste com o amigo. Aceita uma branquinha para relaxar?

Tarcísio embicou a garrafa e aguardou que o médico fizesse o serviço. Encheu os olhos enquanto o outro tirava, uma por uma, as larvas brancas, sujas com sangue e pus. Mas não soltou um gemido sequer.

O médico parecia se divertir enquanto limpava o ferimento. O procedimento demorou apenas alguns minutos.

— Bicho forte! Está novo o caboclo. Agora vou cauterizar a região e colocar um remédio pra proteger.

Entregou a Tarcísio um cabo de madeira para que mordesse, e avisou:

— Agora vai doer.

Foi possível sentir o cheiro de carne queimada enquanto o médico terminava o procedimento. Se aquilo durasse mais alguns instantes, Tarcísio desmaiaria.

— O paciente está de alta. Mas cuide desse ombro.

Tarcísio tomou mais um gole de canha, se despediu do patrão e agradeceu ao Dourado. Ficou com a impressão de que o doutor teria gostado se ele tivesse gritado de dor.

Don Guiraldes já o esperava fora da tenda, fumando um cigarro de palha e olhando para o horizonte de nuvens pintadas de púrpura. Olhou para o amigo como a fazer troça, mas desistiu antes mesmo de falar. Caminharam charlando sobre o que escutaram. Tentaram adivinhar quem seria aquele gaúcho que a tudo observava das sombras. Pássaros estouravam em revoada, assustados com a passagem do cachorro azulego, que, enfim, retornava de seu passeio. Trazia nos dentes uma lebre.

O céu estava mouro, mas nenhuma gota de água caía para trazer a fresca aos homens sedentos. Tarcísio pitava um cigarro e sorvia um trago de canha enquanto aguardava Guiraldes para o passeio. Combinaram de comprar umas precisões com um mascate de guerra, que se encontrava em terreno neutro, algumas léguas adiante.

Exceto quando guerreavam, não restava muito o que fazer. Já estavam havia três dias nos arredores de Livramento e não sabiam quais seriam os próximos passos. Mas para Tarcísio. pouco importavam os rumos da guerra.

Apenas preferia estar em movimento, pensando em se manter vivo. Assim não pensava em mim, não enxergava o corpo morto do nosso Floriano, jogado entre mim e a *abuela*. Tarcísio buscava esquecimentos no amargor da bebida. Ele ainda não tinha entendido, pensava ter pesadelos, mas nos sonhos era eu mesma quem falava. Pedi que ele me deixasse conduzi-lo. *Confia em mim, meu amor*, sussurrei em seu ouvido antes de ele acordar angustiado, sentindo meu cheiro na brisa morna da noite.

Guiraldes chegou montado no lobuno. Apesar de idoso, o homem ainda impunha respeito quando a cavalo, aperos bem trançados, de seu próprio feitio. Sempre dizia que pobre não precisava andar aos trapos, e por isso convenceu Tarcísio a fazer compras.

— Monta nesse pingo, que se formos a trote nem sentem nossa falta — disse o velho. O cavalo do outro começou a andar quando ele colocou o pé no estribo, e saíram ao trote largo.

O acampamento estava festivo. A carroça do mascate descansava na sombra de um grande umbu. Os bois franqueiros que puxavam a carreta pastavam livres alguns metros adiante, junto dos cavalos encilhados dos peões, rédeas arrastando no chão. Nas amplas raízes da árvore, uns se desafiavam em trovas de guerra. Outros maragatos, homens do General Tavares, também estavam por ali, acompanhados de suas parceiras. Umas poucas crianças corriam pelo terreiro.

O ovelheiro do Tarcísio cheirava a cola dos outros cachorros e provocava as crianças em busca de farra, enquanto os dois se aprochegaram na carroça do mascate. Dali, podiam avistar tecidos, fitas, bombachas, nada muito elegante, afinal, estavam em guerra — apenas materiais de primeira necessidade.

— Sejam muito bem-vindos, senhores, ao meu pequeno comércio! Me chamo Farid. Em que lhes posso ser útil? — perguntou o jovem com sotaque carregado. Parecia ter uns vinte anos. O homem fez uma mesura exagerada, tirando o chapéu esquisito por alguns instantes. Tarcísio notou que o estrangeiro vestia bombachas.

— Estou precisando de um jaleco militar. O senhor tem?

O mascate gritou pelo dólmã azul-marinho. Uma jovem morena saltou de dentro da carreta e entregou para ele. A moça usava um vestido estampado e longo com o qual se protegia das vistas de todos. Mesmo escondida, chamou a atenção, deixando um rastro de perfume por onde passava.

Os soldados não tiravam os olhos da menina.

— Experimente esta jaqueta... Anahy, volta pra dentro — disse o mascate, e ela logo se perdeu na bruma dos tecidos da carreta. — Resgatei essa menina de uma família de doidos, lá para os lados das Missões.

— Mas ouvi comentários de que não é apenas essa prenda que o amigo tem por esposa, não é mesmo? — disse um homem que chegara em silêncio e escutava a conversa.

Tarcísio o observou e ficou sem saber de onde o conhecia.

— Minha religião permite ter quantas mulheres eu puder sustentar. Quem mandou vocês serem cristãos por aqui?

O mascate Farid soltou uma bela gargalhada e olhou para a carreta, onde Anahy espiava pelas frestas. Fez uma careta para ela, que sumiu nas sombras. O comerciante foi atender mais clientes. Guiraldes olhava desconfiado para o recém-chegado. O homem reparou e se aproximou dele.

— Vosmecê me desculpe, mas qual a sua graça?

— Guiraldes — ofereceu a mão para o cumprimento.

— E o amigo?

— Adão Latorre, criado de vosmecê.

Mediram forças no aperto de mãos e pareceram satisfeitos. Por essas bandas, um homem se conhecia pela firmeza do cumprimento, pela destreza no cavalo e pela habilidade nas armas.

O nome do Tenente-Coronel Adão Latorre já corria nos acampamentos; todos já haviam ouvido falar nele. Nascido no Uruguai, veio para trabalhar como capataz dos Tavares. Chegou ao Brasil antes da Abolição da Escravatura, mas sempre viveu como homem livre.

— Eu conheço vosmecês. Esses dias o doutor Ângelo limpou o ferimento do seu companheiro. Senhor Tarcísio, não é mesmo?

— Sim, senhor. Mas que mal le pergunte, como o amigo sabe meu nome?

— Existem infelizes coincidências nas nossas histórias. Mas hoje não é dia para essas tristezas...

Bateu na copa do chapéu e se foi em direção aos seus. Era um gaúcho alto, um tipo campeiro, de andar compassado, pernas cambotas e olhar sanguíneo. Tarcísio o observou se distanciando. A reputação parecia fazer jus ao homem. Adão Latorre era um inimigo a ser temido.

Escutaram o estouro de um trovão, alto e seco, como um tiro de canhão.

— Mais alguma coisa, senhores? — perguntou o mascate.

Don Guiraldes hesitou um segundo, mas fez um pedido:

— Amigo Turco, me veja um lenço vermelho.

— Já estou indo. Mas antes, deixe eu explicar uma coisa para vosmecê. Eu sou árabe, e não turco. Venho da Síria, não da Turquia. Pode ser que vocês não entendam, mas seria como chamar os brasileiros aqui do sul de castelhanos. De qualquer forma, meus gentis, prefiro que me chamem pelo nome: Farid, ao seu dispor.

— Parece que ofendesse o Turco — Tarcísio disse baixinho, aos risos.

Tarcísio vestiu a jaqueta militar e se enxergou, *agora sim*, um guerreiro à altura de Gumercindo Saraiva. Escutei seus pensamentos: *Brida sentiria orgulho.* E como não? Ele estava lindo, vestido assim, como que para um baile de gala.

O mascate Farid retornou com o lenço nas mãos e explicou que era um dos últimos. Quando foi entregar para Guiraldes, o *viejo* pediu que o alcançasse a Tarcísio. O homem agradeceu e amarrou no pescoço o lenço de seda rubra. Podia, então, se dizer revolucionário.

Os campos dormiam um sono em noite sem lua. Sobre eles, passava o tempo, passavam os ventos, assobiando pelas frestas, agitando as folhas das árvores, levando recados entrecortados, um portal entre o mundo dos vivos e dos mortos.

Estavam protegidos pelos matos da beira do rio. Sentinelas velavam o sono dos soldados sem preparo, atirados sobre arreios, em troncos de árvores centenárias. Escutava os gemidos de algum casal, que se escondia sob o calor dos ponchos, na busca de consolo para a ansiedade.

Tarcísio buscava refúgio afastado dos companheiros, sentado na beira do rio, pito apagado à boca, trago de canha na mão, olhar parado, como a esperar notícia ruim. Um morcego em voo rasante passou perto de sua cabeça, escutou o silvo de uma cobra. Olhou para o espelho d'água que se espalhava pampa afora, invadindo a planície, se perdendo no infinito, onde não se conseguia mais distinguir o que era horizonte ou firmamento.

O pampa era como um mar: às vezes, calmaria, outras vezes, revolto, mas sempre envolvido por códigos próprios, por leis e mistérios. Da mata ribeirinha, assobios das corujas, o barulho dos galhos enquanto os bugios pulavam de uma árvore para outra. Bem longe, relampeava a faísca e, em seguida, rugia o trovão.

A luz do fósforo riscou a noite. Tarcísio fez brasa no palheiro e assoprou a fumaça. Sentiu uma comichão no pescoço, a língua pesada. Tinha baba ressecando no canto dos lábios e uma pedra de gelo na boca do estômago. Pensava no homem que tinha matado e nos que mataria até achar o bandido que desgraçou sua vida. Imaginava com gana todo o sangue que derramaria até que sua honra fosse lavada, e a justiça, feita.

Tarcísio era um sobrevivente. Pensava todos os dias em nossa morte. A bala, ricocheteada, o havia transformado em um animal, mais um carancho espreitando pelos céus, à procura de alimento, da morte alheia. Tinha o corpo repleto de penas, a comichão ficava mais forte, e, além da coceira que o enlouquecia, possuía o desejo de acabar com aquilo de uma vez: queria, às vezes, passar o fio da faca no pulso ou no pescoço, pensou que podia ser um atalho para encontrar os seus — mas aquilo eu não podia permitir.

Um longo trovão — luz e som quase juntos — estourou, trazendo Tarcísio de volta para onde devia estar. O rumo da vingança. A tempestade caiu, raios cortaram o céu, as águas do rio se agitaram, e o acampamento também. Homens correram para a mata fechada, outros apenas vestiram ponchos e desabaram os chapéus. E, sob forte aguaceiro, raios e estrondos, Tarcísio viu uma névoa se aproximar.

Ficou hipnotizado pela bruma e pela chuva. Reconhecia a beleza daquela noite sinistra. A água diminuiu aos poucos, transformando-se em garoa, porém a cerração ficou cada vez mais densa. Tentou dar um passo e os pés molharam, pisando nas águas rasas da beira do rio. Tudo o que era corpóreo parecia ter se fundido à densa névoa que o prendia ao chão.

Escutou passos à sua esquerda, de um caminhar arrastado, acorrentado. Um grupo de pessoas se aproximava, podia escutar, mas ainda não via ninguém. Apenas escutava as correntes sendo arrastadas e os passos na grama encharcada.

Três vultos apareceram sob a cerração carregada. Dois deles ficaram para trás, irreconhecíveis, com as mãos levantadas em apelo, mostrando algemas. Estávamos acorrentados à terra, foi parte do trato que fiz para conseguir aparecer.

— Quem vem lá?

Tarcísio tentou se aproximar de nós. Seus pés também estavam acorrentados ao chão. A minha coruja, com enormes asas, planou até repousar em meu ombro. O animal, com grandes olhos amarelos, mirava Tarcísio. Tentei falar alto, mas era impossível. Aproximei-me ainda mais, a coruja partiu.

— Tarcísio, tenho pouco tempo... Não se assuste — sussurrei.

— Brida? É tu mesmo? — Ele estendeu a mão para tocar no meu rosto, mas não deixei.

— Não toque nessas brumas que me trazem, meu amor. Escuta. Dói muito permanecer aqui...

Com os olhos úmidos, Tarcísio aguardou. Mordia os lábios, para conter as palavras.

— Serei teus olhos na busca. Nós nos vingaremos. Acha o Tenente. Não será difícil. É um homem branco, albino. Mas não te engana: ele é perigoso.

— Me diz o nome dele. O resto deixa comigo...

— Eu não posso. Eles não deixam. Foi o trato.

— Esses acorrentados contigo? Quem são?

— São apenas almas vagas com contas a acertar nessa guerra. Que nem eu...

— Quem está te ajudando?

As criaturas, na cerração, começaram a se dissipar e me levaram com elas.

Tarcísio tentou gritar para que eu ficasse, mas tinha a boca costurada. *Desculpa, meu amor*. Ele já não me escutava mais. A bruma se levantou do chão embarrado, e Tarcísio ficou perdido. A névoa voltou a virar brisa, chuva, e a respingar sobre ele, que se perguntava se aquilo, de fato, havia acontecido. Reparou que estava com os pés dentro do rio.

A coruja deu um voo rasante em sua direção, antes de desaparecer noite adentro. Estava encharcado, febril. Tinha sede.

8

INTERLÚDIO I

CRIOLLO. Nativo del país, tanto la persona como el animal. Lo que es propio de esta tierra. Son animales criollos los que descienden de los que fueron traídos por los conquistadores.

Tito Saubidet em
Vocabulario e Refranero Criollo

Era uma vez um *criollo.* Um homem forjado da matéria-prima mais singular da fronteira, do barro genuíno do pampa, da água dos arroios escuros, das chircas e dos caraguatás. Um homem que tinha, nas mãos duras, os calos da lida; no corpo, as dores das tropeadas; nos olhos, a candura das gentes daqui. Ele se fez gaúcho na lida do campo, sobre o lombo dos cavalos; e sobre o lombo dos cavalos, se fez capataz. Feito capataz, também homem de confiança dos irmãos Joca e Zeca Tavares, se fez guerreiro nos dois lados da fronteira.

No Brasil, ficou conhecido como Negro Adão. No Uruguai, era *El Pardo Adán.* Na lida campeira, seu Adão, o capataz. Nos piquetes revolucionários, era o Tenente-Coronel Latorre. Mas *los gurises* das estâncias chamavam apenas de tio; os filhos, de *padre;* e as mulheres, de Adão.

Era uma vez um *criollo.*

Dizem que Adão Latorre nasceu no vilarejo de Cerro Chato, em Rivera, no Uruguai, em 1835. Cresceu em uma choupana pobre, paredes de taipa, coberta por santa-fé. O rancho fedia a picumã, querosene dos candeeiros, e ao odor inafastável de couro curtido, o cheiro estranho de algo que já foi vivo um dia.

Dos pais, pouco falava, mas ele se lembrava muito bem das histórias que lhe contaram, das cicatrizes marcadas a ferro quente em suas peles negras, de quando fugiram de uma charqueada em Pelotas para viver na Banda Oriental.

O homem já nasceu livre. No lado de *allá,* a escravidão acabou muito antes que no Brasil e, antes mesmo disso acontecer, o ventre livre já era uma realidade. Como todo homem pobre, para se destacar, Adão precisou provar seu valor muitas e muitas vezes.

Foi assim que, desde *muy* jovem, fez seu nome. Prestativo nas estâncias, aprendeu a arte da lida campeira com os mais velhos. Levava os terneiros guaxos para o piquete e lhes dava de mamar em uma garrafa de vidro, não aceitava a morte dos filhotes. Nas tropeadas, ganhou confiança ainda adolescente. Era um gurizote leve, corria na frente para disputar as mangueiras de pedra no caminho. Os gados chimarrões eram ferozes, porém, garantida a mangueira, os tropeiros não tinham necessidade de rondar, podendo se entregar às atividades do ócio.

Enquanto o corpo ganhava volume e força, Adão foi galgando a confiança de seus pares, dos patrões e das peonadas das estâncias.

Nas marcações, ganhou fama. Os dias festivos — quando o patrão reunia o rodeio para marcar a ferro em brasa a terneirada, castrar, escolher os que ficavam para touro — eram as chances de um gaúcho mais simples chamar atenção, mostrando a destreza no manejo do laço, a agilidade no corpo ao desviar das investidas dos terneiros ou das vacas brabas.

Entre toda aquela gauchada, Adão Latorre se destacava. Com os pés descalços, bombachas arremangadas, o tirador de couro na cintura, para sustentar os tirões do gado sem se pisar, faca na cintura e chapéu tapeado, ele não perdia um pealo, nos desafios. Depois, passou a ser o responsável pela castração e por sentar a marca, palmo acima do garrão — função da qual se orgulhava muito, pois era um trabalho que exigia a confiança do dono do animal.

Gostava mesmo era de soltar a terneirada e observar os guris montarem os animais para ginetear, aprendendo, desde novos, os ofícios de campeiro. Os bagos eram jogados nas brasas que mantinham o ferro na temperatura certa, para depois serem limpos na salmoura e compartilhados entre os trabalhadores.

Foi em uma dessas lidas que precisou matar pela primeira vez. Um peão de fora se passou no trago e puxou briga com um trabalhador da estância. Naquele dia, Adão criou uma regra, sob os olhares atentos do patrão e dos convidados:

— Escute bem, seu moço: aqui na estância eu sou o capataz. E ninguém está autorizado a brigar. Se quiser brigar, tem que ser comigo. Se vosmecê passar por mim, aí pode se matar com quem quiser.

O gaúcho maleva não se assustou com o *Pardo Adán* e conheceu o fio da faca do homem. Acostumado a carneadas, caçadas e toda sorte de serviços brutos, Adão não teve grandes dificuldades para desviar das investidas e derrubá-lo no chão. Antes do golpe fatal, procurou com os olhos a autorização do patrão, que assentiu com a cabeça.

A faca de Adão Latorre conheceu o sangue de um homem. Adão conheceu o significado de impor respeito. Mais um degrau na hierarquia daquelas gentes estava superado.

Nesse dia, ganhou do patrão o primeiro cavalo tordilho. O primeiro do que veio a ser uma famosa tropilha.

Era uma vez um *criollo*.

De revoluções também sabia Adão Latorre, porém jamais poderia imaginar que seria em razão delas que sua fama permaneceria por várias gerações. Ele era um bom soldado, apenas isso. Um bom soldado não indaga, não hesita, apenas executa as tarefas. Um bom soldado é apenas a *longa manus* de um oficial superior.

Peleou em várias guerras, e nelas fez carreira. Um negro, filho de escravos, chegar a Tenente-Coronel... Não era para qualquer um. Com dezesseis anos, já seguia as tropas do Partido Blanco-Nacional, nas quais galgou o posto de Sargento. Com menos de 25 anos, já era Capitão.

Foi acompanhando o veterano Timóteo Aparício que Adão aprendeu a aterrorizar os inimigos com ataques-surpresas, liderando uma famosa cavalaria ligeira. Nessa época, já era Subtenente e havia se aproximado de Aparício Saraiva, irmão de Gumercindo e parceiro de inúmeras escaramuças a partir de então.

Após mais uma derrota *blanca*, mudou-se para o Brasil lá por 1880, quando começou a trabalhar como capataz da família Silva Tavares. Era ele quem orientava o trabalho dos outros peões, tropeava gados dos dois lados da fronteira. Fez-se homem conhecedor dos vaus dos rios, das ervas curandeiras, das nuvens e do vento que prenunciava chuva ou seca. Guiava-se pela Estrela d'Alva e confiava no tordilho quando este estranhava alguma passada.

Na região dos Olhos D'água, próximo à Estância do Limoeiro, levantou rancho e fez família. Lá, teve uma vida sem grandes transtornos. Até que a guerra chegou outra vez aos campos do Rio Grande.

Quando estourou a Revolução Federalista, Adão Latorre já era um homem maduro, beirando os sessenta anos, calejado e pronto para mais uma guerra, dessa vez em solo brasileiro. Quando foi convocado por Zeca Tavares e precisou abandonar seu posto às pressas, levou a esposa Maria Francisca e a filha Nicamoza, com onze anos de idade, para a casa do seu pai no Departamento de Rivera, para que estivessem protegidas.

Esse fato foi logo descoberto pela milícia do Coronel Maneco Pedroso. Com mais de oitenta anos, o pai de Latorre foi torturado; os castilhistas o amarraram a um canto do quarto, com a ameaça de que, se ele fechasse os olhos, cortariam suas pálpebras.

O velho foi obrigado a assistir enquanto a nora e a neta eram abusadas pelos homens do Coronel. Foram todos degolados pelos soldados, que partiram dando tiros para cima e prometendo morte aos federalistas.

Naquele dia, para Adão Latorre, a guerra passou a

ser um assunto particular.

Ele pensava nisso quando, mais adiante, um mercenário pica-pau lhe pediu clemência:

— *Don Adán, por la leche que ha bebido de su madre, yo no tengo nada que ver con esto...*

— *Yo tampoco*. Além do mais, fui criado guaxo.

Adão Latorre passou a faca com a lâmina lambendo de tão afiada na carótida do castelhano. Dessa vez, à brasileira: dois talhos pequenos e estava feito o serviço.

Era uma vez um *criollo*.

9

INTERLÚDIO II

"Queremos sim a restauração da lei, do direito, da justiça, da segurança, da liberdade e aos bens da vida e de todos os cidadãos. Lamentamos que os nossos irmãos do norte acreditem em mais essa perfídia oficial, inventada para desnaturar os intuitos patrióticos do único direito que resta a um povo oprimido — a revolução."

Trecho do manifesto do General Joca Tavares à nação brasileira. 15 de março de 1893.

— Vai chover daqui a três dias — sentenciou Don Guiraldes enquanto observava os sinais da natureza. O velho levantou o corpo cansado, estalando os ossos do pescoço, das costas, e caminhou puxando uma das pernas tortas, que formigava.

De madrugada, o vento norte começou a soprar com força, prenunciando a chuva. Ainda não havia nenhuma nuvem nos céus; no entanto, o conhecimento dos antigos era sabedoria respeitada. O *viejo* foi fazer as necessidades na valeta aberta pelos soldados, afastada do acampamento, para manter as varejeiras longe; contudo, não era o suficiente: as carnes quarando nas trempes, azedando aos poucos, deixavam o ar fétido.

Olhando para aquele monte de soldados maltrapilhos, Guiraldes pensava nas dificuldades que estavam por vir. As chuvas encerrariam o verão, e aqueles homens, além de vencer o chumbo inimigo, teriam que vencer o frio, sem ponchos, sem armas e sem o número suficiente de barracas. Ninguém falava naquele assunto, mas já estavam no princípio de abril e nada do que Gaspar Silveira Martins prometia era cumprido. As armas e os uniformes ficavam sempre para depois. Quando muito, chegavam cartuchos e pólvora para as munições. Os homens de Castilhos tinham até metralhadoras, armas que poderiam liquidar com os maragatos sem dificuldade. A tomada dos territórios era lenta e precária. Conquistavam em um dia, e nos seguintes já precisavam debandar, quando chegavam as numerosas tropas legalistas.

Nenhuma vitória parecia uma conquista de verdade. Os jovens estavam inquietos, e os generais, em estado de alerta. Tavares decidiu seguir rumo a Bagé. Eram quase cinco mil, em marcha lenta, direito ao reduto federalista.

Joca Tavares não gostava do que via. Cobrava as armas prometidas. Onde estavam as mil Remington e as quinhentas Mauser que nos enviaram de Buenos Aires? Onde estavam as munições? Repetia: O inverno está chegando, por Deus! Entre os mais próximos, dizia que os homens terminariam morrendo de frio.

Os soldados estavam descontentes, tensos sobre o lombo dos cavalos, que bufavam nervosos, contaminados pelo sentimento dos donos. Nenhum deslize era permitido, porém os bichos nada sabiam das regras dos generais. Seis mil cavalos eram difíceis de conter; noite após noite, alguns animais disparavam em busca de liberdade, causando trabalho dobrado e prejuízo.

Não, senhores, essa peleja não é como as últimas, Don Guiraldes dizia para quem quisesse ouvir. O velho parecia adivinhar o porvir. Fez o sinal da cruz, como a afastar o mal, e já estava pronto para mais uma jornada.

Assim que as chuvas começaram, não pararam mais. As sangas e os arroios cresceram, avançando dia a dia, alagando as passagens, atrasando as marchas. Os homens estavam acampados no Ponche Verde, ilhados, esperando o movimento do inimigo e o armamento anunciado. O General Telles retornou a Bagé e se preparou para fazer frente aos revolucionários.

Sob a tenda militar, um abatido General Joca Tavares aguardava os próximos passos daquela incursão. Serviu uma cuia, água fervendo sobre a erva lavada. Virou o mate várias vezes, a fim de reaproveitar a erva. Já faltavam itens básicos, como café, açúcar, arroz, farinha, charque. Sem pedir licença, Francisco Tavares se aproximou do irmão e tocou seu ombro, já que ele não havia reparado na sua chegada.

Francisco trouxe notícias de Gaspar Silveira Martins.

— Diz ele que, depois de mil sacrifícios, conseguiu nos enviar o armamento.

— Mil sacrifícios? Será que ele sabe que a Revolução está parada, só esperando as malditas armas?

— E tem mais! Ele manda avisar que não podemos dar repouso ao inimigo.

— É um comediante, o nosso Conselheiro.

O General Silva Tavares se mantinha acampado no Ponche Verde por estar mais perto da fronteira para o recebimento de eventuais armas e para evitar que o inimigo, que se encontrava em Bagé, se juntasse aos demais em Livramento, Cacequi ou São Gabriel. Muitos dos homens já estavam cansados daquela pasmaceira, e Gumercindo Saraiva organizou um piquete para fazer pequenas escaramuças e, assim, matar inimigos e confiscar armamentos e cavalos.

Os dias foram passando, e a chuva forte virou garoa. Logo restou apenas o frio. Era um frio cinzento e pegajoso, úmido. O vento minuano que soprava do Sul cortava os homens, lâminas a beliscar as peles, por mais pelo-duros que aqueles guerreiros fossem.

Apareceram febres, infecções, pneumonias. Os homens estavam sempre encharcados, com as botas molhadas, embarradas, os pés a congelar. A maior parte dos soldados não estava preparada para o inverno.

Don Guiraldes não gostava das coisas que via e da precariedade em que estavam. Após vários dias de aguaceiro, notou que alguns homens começaram a tirar as pilchas para guardar nas malas de garupa.

— Que vocês estão fazendo? — quis saber o *viejo*.

— Não tem mais como ficar com essa roupa molhada, seu Guiraldes. Não *queremo* se pestear.

Depois que o primeiro soldado ficou pelado, vários seguiram o exemplo. Eles eram os mais humildes de todos os soldados – não serviam nenhum caudilho, eram os muito pobres que se voluntariavam apenas pela comida e por gostar das peleias.

Os generais não gostavam de ver aqueles guerreiros pelados – porém não falavam nada. Não chegavam os uniformes, não chegavam as botinas, os ponchos, as capas, nada. Quando dois voluntários iniciaram uma briga feroz, um teria tomado a cachaça do outro, foi um Deus-nos-acuda.

O povo berrava em volta, e os estalos surdos dos socos eram abafados pelas gargalhadas – não era todo dia que se via um espetáculo de dois gaúchos pelados brigando no barro –, também pelos gritos dos que apostavam facas, tragos ou qualquer coisa, apenas pela vontade de jogar. Guiraldes, Latorre e outros oficiais experientes tentaram furar o bloqueio, mas chegaram tarde demais.

Um dos homens estava morto, com o corpo branco estirado no barro. O outro, com os olhos arregalados, gritava e levantava as mãos, como a comemorar a luta em uma arena. O sangue de seu rosto se misturava à água da chuva e escorria do corpo de tísico.

Adão Latorre puxou o trabuco da cintura e deu um tiro para cima, acabando com a confusão. Empurrou o assassino por diante, com o cano da arma a lhe apertar as costelas, até entregá-lo ao General.

Tavares mandou que o enforcassem com seu próprio laço. O homem ficaria pendurado na árvore para servir de exemplo.

Dias depois, foi com alegria que Don Guiraldes recebeu a notícia que levantariam o acampamento. O *viejo* queria reencontrar Tarcísio, que foi acompanhar Gumercindo nas guerrilhas, na ânsia de encontrar quem matou sua família. Guiraldes se aproximou do General e escutou um trecho da conversa entre o líder e Zeca Tavares.

— A força está contente com a incorporação de Salgado. Eles precisam de ação, para não morrer de frio ou de tédio.

— É porque eles não sabem onde vão se meter.

— Por que dizes isso?

— Na esquerda, teremos a linha divisória e o rio Quaraí; na direita, o Ibicuí. São rios de fortes correntezas. Se chover, ficaremos encurralados. Deus há de ser federalista, e pode ser que nada disso aconteça.

Silva Tavares esporeou o cavalo e galopeou até a vanguarda da coluna. Sentia dor em todos os músculos do velho corpo. Quando iniciaram a marcha, passaram rente à árvore em que balançava o corpo do enforcado. Era um aviso do General.

O mês de abril passou com a força do minuano e encontrou Ruana com seus parceiros aguardando o retorno do chefe, Hermano López, que havia ido à Capital para o tratamento. Teve o olho retirado e as pálpebras costuradas, uma lembrança daquele primeiro ataque. O rosto — feroz, branco, salpicado de barbas claras — ficara assustador.

Após a breve recuperação, López ganhou o rumo da campanha. Ruana e os homens ficaram hospedados em Pelotas, na casinha *arrabalera*, onde morava a mãe de López. Quartos pobres, camas de madeira tosca, cavalete de arreios na varanda, que era como chamavam a sala e a cozinha.

Nesses longos dias de espera, Amaro, Leôncio e Aldyr se perderam pelos meretrícios bagaceiros, torrando o pouco de dinheiro que tinham. Para sustentar seus vícios, aterrorizaram e roubaram o que podiam de eventuais federalistas que encontraram pelo caminho.

Ruana esteve sempre com a velha.

Quando Hermano López chegou fazendo escarcéu, chamando atenção com um cavalo imponente e o lenço branco atado ao pescoço, sua mãe tomava chimarrão na frente da casa. Ele desmontou, perguntou pelos homens, que estavam nas chinas, e informou a Ruana que seguiriam viagem. Ela ficou contente.

A mãe se levantou e abraçou seu menino. Fez com que o filho se sentasse em um banco e serviu uma cuia para ele. Admirava o filho — ele teria um futuro promissor ao lado das gentes do presidente Castilhos. Buscou um paninho molhado na cozinha.

— Fiz um presente pra ti — disse ela, enquanto desamarrava os curativos e limpava o sangue seco do buraco de onde tiraram o olho. Do bolso da saia, a velha pegou um tapa-olho de couro negro, que improvisou a partir de uma antiga bota de festa. — *Muy lindo* ficou, não acha, bugrinha? — exibia sua cria para Ruana.

Hermano tocou a face e imaginou que o novo visual talvez o fizesse famoso. Espiou-se no reflexo das janelas e viu o que parecia um espectro. Sussurrou um *gracias*, acomodou o tapa-olho no rosto e saiu para encontrar seus soldados e trazê-los para casa.

— Chega de descanso, que nos esperam lá pras bandas do Alegrete — disse e saiu porta afora.

Ruana pegou uma gamela e foi afiar a faca nas pedras do pátio. Passava o fio e jogava um pouco de água para facilitar o trabalho. Fazia isso e pensava em quantos maragatos poderia matar até o final da revolução.

Noite alta. O Tenente Hermano López achou os homens e os trouxe para casa. Os três dormiam nos pelegos espalhados pela sala, enquanto o Tenente descansava no seu quarto de infância, que a velha mantinha sempre chaveado. Ruana suava, com uma dormência no estômago, não conseguia pregar o olho.

Estava perto do fogão à lenha, com brasas ainda vivas e o calor a deixá-la sem ar.

Ruana era bicho. A empolgação com a volta para a estrada lhe trouxe uma excitação que há muito não tinha. Seguia com calor. Soltou as bombachas, e o ar gelado lambeu suas coxas, arrepiando a penugem das pernas grossas e fortes. Passou a mão pelo sexo, estava pronta, sabia o que precisava para adormecer. Empurrou o poncho para longe e caminhou até a sala onde os homens se espalhavam.

Aproximou-se de Amaro e cutucou o homem com a ponta dos pés.

— O que houve, Ruana? — sussurrou, ainda sem reparar na nudez dela.

— Tu vem comigo, agora — disse ela e virou-se, revelando o corpo para ele.

Amaro, desconfiado, se levantou, pôs-se na ponta dos pés e seguiu-a. Quando ele foi perguntar algo, Ruana pegou sua mão e apenas mostrou o caminho. Ao entender o que ela queria, Amaro apenas desamarrou as ceroulas e se enfiou nos pelegos da mulher. Quando tentou virá-la para facilitar seu gozo, ela disse que não, que homem nenhum faria nada com ela sem que ela visse. Ao se satisfazer, Ruana se levantou e vestiu as bombachas.

— Não podemos parar ainda, mulher. Falta um pouco pra mim.

— E tu tem as mãos pra quê? Não pensa que eu vou deixar tu colocar um filho em mim. Corre pra tua cama que eu quero dormir.

Sem entender nada, Amaro juntou suas coisas e voltou para os pelegos. Ficou um pouco incomodado, mas acabou aos risos.

10

PASSO DO INHANDUÍ
3 DE MAIO DE 1893

Os DIAS ESTAVAM MAIS CURTOS, e o frio invadia as roupas sem nenhuma vergonha. Naquela madrugada de geada negra, de pastos queimados pelo gelo, homens e animais aguardavam inertes — respirações enfumaçadas, contidas. O corpo doía por causa dos músculos contraídos, dos lábios rachados. Passavam graxa de ovelha para se proteger, mas pouco adiantava.

Tarcísio não havia dormido nada nos últimos dias. Buscava aquecer o corpo com goles de canha, encostado no nosso cachorro, esperando. Não aguentava mais esperar. Tarcísio buscava, em todas as sombras, avistar meu vulto, sentir meu cheiro. Mas eu estava cansada. O acordo para isso acontecer cobrava um alto preço, e eu não estava acostumada.

Ele ansiava encontrar, no combate, o Tenente sem nome, nosso assassino. Sonhava com o dia em que poderia passar a faca em seu pescoço, mesmo sem saber como era o rosto. Confiava na minha promessa de guiá-lo até o fim.

Desembainhou a faca e se aproximou da trempe onde restavam alguns pedaços de carne. Observou a cabeça de ovelha assada, com o olho morto a encará-lo. Podia ver os músculos, os tendões, a dentadura, todos os segredos encobertos pela pele do animal, que agora jazia morto e quase queimado sobre as brasas. Tarcísio cortou um naco da bochecha, duro e salgado, e enganou a fome por um tempo.

A claridade rompia aos poucos a barreira do firmamento, mas ainda faltavam algumas horas. Enquanto mastigava a carne fibrosa, Tarcísio viu seu amigo se aproximar.

— O General não está muito confiante, mas mandou que a gente estivesse pronto para a campanha, logo que amanhecer — disse Don Guiraldes.

— Que *buena* notícia! — respondeu Tarcísio. — O acampamento está ansioso, os homens caminham sem destino, conversam baixo. Achei que teríamos peleia mesmo. Quantos nós somos? Vejo gente até onde as vistas alcançam.

— Gumercindo disse que somos umas seis mil almas de Deus. E eles têm o mesmo tamanho.

— De Deus? Será que Ele é maragato mesmo? Tenho minhas dúvidas se o maldito não é pica-pau...

Guiraldes cuspiu para trás e fez o sinal da cruz para afastar o azar.

— Não se brinca com essas coisas — disse Guiraldes. — Escutei umas histórias sobre o Adão Latorre. Diz que ele também está procurando resolver pendências familiares nesta revolução.

— De fato. Ele contou que a família dele sofreu algo parecido com a minha, e prometeu que os nossos seriam vingados.

— E vosmecê confia nele?

— E por que não confiaria? É homem dos Tavares.

— Não sei. Acho que ele é um bom homem, *por supuesto*, mas não me agrado que essa revolução esteja virando palco para todo mundo resolver problemas particulares.

— Mas o que tu espera, *viejo*? — disse Tarcísio, com aspereza. — Que a honra das guerras seja mais importante que nossas famílias? Decerto, Júlio de Castilhos e aqueles bandidos estão apenas peleando pelos ideais...

— *No sé, pero no me gusta.* Guerra não é pra isso, mas eu sou apenas um *viejo*, touro de outro rodeio. Esteja pronto. Quem sabe é hoje que vosmecê consegue essa vingança. Pode ser que depois aceite ir pro Uruguai, já que não deve nada a ninguém por aqui.

Don Guiraldes aguardou uma resposta do amigo, que silenciou. Antes de partir, fez um carinho no cachorro que estava aos pés de Tarcísio e se encaminhou de volta para seu posto.

Tarcísio parecia ter uma espinha na garganta. Precisava de um gole de água. Acompanhou o *viejo* caminhar no escuro, até que seu corpo fosse apenas um vulto, brumas na escuridão.

Os mais destacados chefes federalistas estavam reunidos naquele momento, sob as ordens do General Joca Tavares. Os homens parlamentavam perto das trincheiras construídas ao lado das mangueiras de pedra. Era possível ver fogos no horizonte, de tão perto que os exércitos se encontravam. O cheiro de fumaça se espalhava e era trazido pelo vento, entre sussurros, segredos e relinchos de cavalos. Os governistas já eram mais do que vultos no horizonte, agora podiam avistar aqueles milhares de soldados.

Algumas horas antes, os irmãos Saraiva resgataram um coronel federalista e seus homens em uma estância nas proximidades, para que pudessem se juntar ao combate. Sob o chapéu de abas largas, Aparício gritava em espanhol enquanto atacava as forças legalistas.

Alvorada. A natureza pintava, com matizes mais claros, o contorno das coxilhas. O vapor do lombo dos cavalos se misturava à cerração baixa, garantindo que logo mais, apesar do frio, teriam sol forte a acompanhá-los na batalha. Cada um dos líderes se encaminhou para organizar seus soldados.

Gumercindo Saraiva se aproximou do corpo de guerreiros e explicou como atacariam o flanco do adversário, o ponto mais vulnerável e de difícil defesa para os federalistas. Aos poucos, todos já estavam prontos para o inevitável embate.

Saraiva, montado em um cavalo de pelo oveiro, cumprimentava os soldados, desejando *buenos días* e demonstrando total entrega à causa. Seu lenço *blanco* trazia manchas de sangue. Chegou perto de Tarcísio.

— Como le va, homem? Pronto para mais uma peleia?

— Sempre, patrão.

— Em lutas grandes como a de hoje, preste atenção nos companheiros. Avance, mas sempre alerta. Donde está Guiraldes?

— Ele está nas curtas — respondeu Tarcísio. — Andou por aqui mais cedo, mas o velho gosta de ficar *solito* antes de matar.

— Cada um com seus cada quais. Mas não me perde o *viejo* de vista. Ele conhece os atalhos.

Gumercindo Saraiva deu um tapinha na aba do chapéu e continuou a inspeção para verificar se todos os homens estavam a postos. Tarcísio respondeu ao aceno e se ocupou em apertar os arreios de seu cavalo, revisar as armas. Antes de montar, bebeu um trago de canha para quedar desperto. Já em cima do animal, procurou enxergar o velho. Naquele momento, se deu conta da quantidade de homens prontos para a guerra. Seis mil almas deixavam de ser apenas um número e viravam uma imagem, um bloco de homens e animais nervosos a se espalhar por vários quilômetros.

A cerração se dissipou, e Tarcísio viu, no topo da colina, o brilho de milhares de lanças refletindo a luz do sol — quase quatro mil e quinhentos legalistas preparados para lutar em nome de Júlio de Castilhos. Apesar de estarem em número inferior, os pica-paus estavam armados de forma completa, incluindo canhões e metralhadoras. Tarcísio avistou, ao longe, Don Guiraldes montado em seu cavalo e fez menção de ir ao encontro do *viejo*. No entanto, conteve o animal ao escutar o sinal do corneteiro.

Eram nove horas da manhã. Os soldados berravam gritos eufóricos de guerra, e os animais tentavam avançar, com as ventas abertas, contidos à força pelas rédeas. Estouraram os primeiros tiros de canhão, cortando os céus em direção aos revolucionários.

Tarcísio desembainhou a espada e esporeou o cavalo, riscando a pele do bicho de vermelho. Disparou em alta velocidade.

Juntei minhas forças e me mantive perto de Tarcísio. Sabia que poderia ajudá-lo. O terreno da batalha era desigual. Havia uma coxilha central de onde partiam outras, como uma mão aberta, terminando em sangas e banhados, verdadeiros charcos que dificultavam o avanço dos nossos. Eles estavam empolgados com a possibilidade da vitória. Já os pica-paus aguardavam os rebeldes, protegidos pelas águas e pelo terreno arisco.

Tarcísio tinha a impressão de ver as cenas em ritmo lento. Avançava de forma automática, espremido por homens e cavalos, todos no compasso da batalha. Ele saltou do cavalo, encharcando as botas nos lodaçais do terreno. Escutava o tinir de aço contra aço, o grito dos guerreiros, o estouro dos canhões e o disparo das metralhadoras, derrubando os paisanos armados apenas de lanças, facões, espadas ou fuzis. Ele via os companheiros caindo, pedindo socorro — braços e membros que explodiam e saltavam, jorrando sangue, barro... A batalha tem corpo, posso afirmar. E ela empurrou Tarcísio para o redemoinho humano de gente que se perfurava e se cortava, xingando e esbravejando.

Um golpe acertou meu marido e o sangue começou a escorrer sobre os olhos, a visão em vermelho, a espada pedindo alimento, cortando o que via pela frente, lenços brancos abatidos. Escutou o estouro de um canhão, e o homem que estava ao seu lado explodiu em vísceras, sangue e membros espalhados, respingando aquela massa sobre ele.

Um novo som, acobreado, metálico, estourou em seu ouvido, deixando-o perdido. O campo fedia a mijo e merda, daqueles que não podiam conter o inevitável e mesmo assim não desistiam, não se entregavam, continuavam a lutar por cada centímetro do terreno alagado.

A velocidade dos que lutavam parecia cada vez menor aos olhos de Tarcísio, que os observava como se flutuasse, desviando de tiros, socos, cortes... Quando a loucura da batalha tomou conta, apenas avançava e cortava e avançava e estocava e tudo de novo, até que escutou um farfalhar de asas, e o dia virou noite, e ele se perdeu na fumaça que escondia a todos.

Tarcísio escutava algo, *lejos*... Ele estava sozinho, perdido no meio da fumaça e da noite que tomaram conta do lugar. Tentou levantar os braços, mas viu que estavam presos por velhas algemas. Uma nuvem de ruídos o atormentava, sentia-se tonto, atordoado. Eram os nossos passos nos charcos, buscando por ele. Eram os pedidos de clemência, que, ainda distantes, soavam íntimos. Eram os risos dos loucos que pareciam convidá-lo. Era o barulho das argolas das correntes que arrastávamos... Então, saímos das sombras.

Tarcísio foi cercado por três vultos. Sentiu o forte cheiro de enxofre e carniça. Ele teve o rosto acarinhado pela mão gelada e decrépita do primeiro, que se aproximou ainda mais e farejou sua fronte, afastando-se e sumindo, restando apenas fumaça. O segundo vulto se aproximou e tirou o capuz. Era apenas escuridão, onde se destacavam os olhos ofídicos. Sua boca se escancarou e revelou presas lupinas e afiadas. Ela silvou e desapareceu.

Quando eles se foram, Tarcísio me viu encolhida no chão, vestindo uma capa de trapos e suja de barro. Retirei o capuz que cobria meu rosto e senti como se vivesse de novo. Olhei para os lados e me aproximei dele em alta velocidade. Empurrei-o no chão para que não fosse atingido por uma bala de fuzil que passou raspando. Ele não viu nada disso, estava como que enfeitiçado por aquele lugar em que estávamos.

— Tarcísio, tome cuidado, por favor... Precisamos de ti vivo... — terminei de falar, e gemi de dor; não pude me conter.

— Brida, minha vida, o que está acontecendo? Viesse pra ficar comigo?

— Eu não posso ficar... Me escuta, o tempo está acabando...

— Pois diga, meu amor — Ele tentava se aproximar de mim, mas as correntes não permitiam.

— Preciso que mate o Tenente.

— É o que mais quero. Me busca depois?

— Disso eu não sei nada. Mas procura o homem sem cor, branco dos infernos; ele está logo ali... Nos vingue. Eu vou te mostrar...

— Eu vou matar ele. Diga o nome, apenas isso. O resto, deixa pra mim.

Mesmo sabendo que era proibido, tentei falar. Mas nenhum som saiu da minha boca. Eu sentia apenas a dor no peito; meu corpo era chamado para junto dos meus fantasmas. Antes de sumir, apontei para o caminho e torci para que ele entendesse.

A bruma se abriu para a guerra e Tarcísio o reconheceu. Emoldurado pela fumaça, o rosto branco sujo de barro e sangue, tapa-olho apertado na cara, o olhar selvagem e azul. O olhar de Hermano López encontrou com o do meu marido. Naquele momento, estavam prometidos. As mãos dele não estavam mais presas e ele levantou a espada sobre a cabeça, avançando direito ao outro, gritando meu nome.

As espadas de Tarcísio e López colidiram uma, duas, três vezes. Mediam forças. Não tinham espaço para grandes manobras. Tarcísio recuou um pouco e tentou estocar o outro com a ponta da espada. Nesse momento, um guerreiro federalista desabou ao lado dele, que, ao tentar se manter de pé, se desequilibrou; ambos caíram no lodaçal. A massa que lutava não queria saber, e eles foram pisoteados.

Tarcísio não conseguia se levantar, tinha os pulmões comprimidos e puxava o ar com a ânsia de um morto de fome. Hermano embainhou a espada e buscou uma arma de fogo. Engatilhou o revólver de ação simples e fez mira na cabeça do meu homem. Quando esmagou o gatilho, fazendo com que o cão estourasse a munição, surgiu, entre a bala e Tarcísio, o peito de Don Guiraldes.

Ao cair no barro, o *viejo* ainda tentou se levantar e caminhar na direção de Tarcísio, mas, antes de conseguir se movimentar, foi contido pelo braço de Hermano López. O pica-pau sacou a faquinha de prata de Floriano, nosso filho, e deu apenas um talho junto à carótida. Don Guiraldes, sem chances, despencou.

Quando Tarcísio conseguiu se desvencilhar dos pisões para avançar de arrasto até o velho, não tinha nem rastro de seu algoz. Segurou nos braços o corpo sem vida do amigo. O sangue quente se esvaiu e se misturou à água dos banhados que encharcavam a todos que lutavam. Perdão, *viejo*. O grito ficou preso na garganta.

O carancho voava alto, em círculos. O animal observava o campo de batalha. Tarcísio via o bicho e avaliava seu instinto de sobrevivência. Sentia até uma certa inveja daquela vida sem amarras, em que o único compromisso era se alimentar e viver por mais um dia. *Ser livre devia ser bom*. Mas os homens nunca são livres, têm chefe, dono, família, têm a honra para cuidar.

Centenas de corpos ficaram atirados ao chão, pouco importando as divisas nos uniformes. Eram apenas mortos, números de uma batalha violenta. O bicho grunhiu. Outros responderam, naqueles círculos agourentos, prontos para se alimentar. O maior deles mirou e mergulhou em direção ao corpo de um maragato. Certeiro, arrancou um pedaço de carne e ganhou os céus.

Naquele instante, o doutor Ângelo Dourado passava ao lado de Tarcísio, carregando mais um ferido para a barraca de primeiros-socorros. O médico estava apavorado, gritando e afastando os abutres de cima dos homens.

Já era de tardezinha, e a batalha havia cessado para recomeçar na manhã seguinte. Nos intervalos, era permitido que cada exército voltasse para buscar os feridos e para que o corpo dos mortos fosse levado à vala comum já cavada. O cheiro de morte queimava as vistas. Tarcísio carregou o corpo de Don Guiraldes até o ponto de descarte. O *viejo* estava com a cara tranquila, de quem partiu com o dever cumprido. O corpo já estava despido, espoliado.

Ao longe, Tarcísio reconheceu o turco Farid e sua menina. Eles desnudavam os cadáveres e procuravam roupas e objetos que pudessem ser vendidos. Facas, espadas, jaquetas que não estivessem cortadas ou furadas, cintas, botas, relógios de bolso. Tudo que tivesse algum valor voltava para o mundo dos vivos como mercadoria.

Tarcísio estava sem forças. Torceu para que nunca mais visse o turco na vida, ou então não se responsabilizaria. A seu lado, o cusco azulego caminhava, também sujo de barro e sangue. De quando em quando, rosnava para os *perros cimarrones* que surgiam em verdadeiras matilhas, vindos ninguém sabia de onde para se alimentar dos mortos e sumir logo depois nas sombras dos matos, nos arroios, nos peraus.

Apesar das baixas, o clima no acampamento era de euforia. Estavam em número superior, e a disposição dos arroios e banhados encurralava a tropa legalista. Entre os soldados, uma vitória esmagadora no dia seguinte parecia inevitável. Vinham todos ansiosos pela luta.

Junto aos homens dos Saraiva, Tarcísio bebia enquanto afiava a espada para o combate. Não compartilhava do otimismo. Era certo que Deus estava do lado dos pica-paus. O mundo de Tarcísio desmoronava, e Ele estava rindo de tudo. Ora, donde já se viu ter tudo para não ter nada em seguida?

Tarcísio sempre amou aquela rotina de acordar muito antes do alvorecer, com o primeiro canto do galo, *yerbear* ao pé do fogo com o cusco aos pés. Todos os dias me espiava na cama, bem enrolada nas cobertas e com o Floriano ao lado — ele sempre corria para junto de mim assim que o pai levantava. Depois Tarcísio partia para sua faina diária, o dia de recorrida, domas na estância, gauchadas, para então voltar para casa e começar tudo de novo. Sempre pensou que era assim que Deus queria.

Porém, a guerra veio e mostrou quem mandava. Deus era pica-pau e eles perderiam a guerra, Tarcísio sabia. No entanto, desde que encontrasse o maldito, não nos importávamos.

No acampamento, os soldados dormiam. A noite avançava, mas Tarcísio não pregava o olho. Ao longe se viam os fogões dos acampamentos — e algo a mais. Explosões de luz, *muy lejos*, o que podia ser uma tormenta que se aproximava, ou a serpente de fogo que saiu na madrugada para se alimentar dos mortos. Mal fechava os olhos e Tarcísio enxergava os abutres e os cachorros *cimarrones* a despedaçar os cadáveres de seus companheiros.

A voz de Gumercindo Saraiva o despertou daquele estado entre sono e vigília. O chefe falava baixo:

— *Prepárese que nos vamos. Despierte también a los suyos* — disse ele enquanto sacudia seu irmão, Aparício, que descansava sobre os pelegos.

— *¿Qué pasa?* — quis saber enquanto esfregava os olhos.

— *Después hablamos...* — respondeu Gumercindo e, de pronto, sumiu na escuridão, para acordar outros acampamentos.

Tarcísio observou que Aparício Saraiva ainda ficou alguns minutos a refletir, pensando se era um sonho; mas, convencido de que não, o homem se levantou e ordenou aos outros que arrumassem suas trouxas.

— Vamos, *hombres!*

Todos sabiam que algo muito estranho acontecia. Ora, como assim levantar acampamento quando estavam tão próximos de uma vitória? Contudo, eram ordens do General Joca Tavares e eles obedeceram.

Na manhã seguinte, os pica-paus foram surpreendidos com o acampamento dos maragatos abandonado. O vento assobiava, corria forte, dando a impressão de que algo muito importante havia acontecido, mas ninguém sabia exatamente o quê.

11

PASSO DO INHANDUÍ, ALEGRETE
4 DE MAIO DE 1893

"Muito se tem falado sobre a retirada de nossas forças na noite que seguiu-se a batalha de Inhanduy. Não perguntei ao General Tavares d'onde lhe havia vindo a notícia da approximação do General Telles.

Para mim tal notícia não veio. Foi o próprio General quem a inventou, porque dizer a um exército que se julga vencedor que vai retirar-se é difícil (...)

Nossas munições eram poucas, cento e vinte mil tiros se gastaria em pouco, e para longa retirada era preciso munição (...) Pensou bem o velho General em retirar-se à noite e se alguém lembrou-se de inventar a approximação de Telles, esta invenção foi providencial: salvou aquela legião de heroes que há de, porque a justiça assim o quer, triumphar nesta luta, que há de salvar o Rio Grande."

Anotações para a esposa
de Dr. Ângelo Dourado

A RETIRADA FOI DESASTROSA. Quando a tropa descobriu que não existia qualquer regimento de Carlos Telles se aproximando e que tudo não passava de uma mentira de Joca Tavares, começaram as primeiras queixas.

Os homens vislumbravam a vitória naquela batalha e não podiam adivinhar que os generais haviam decidido pela partida para protegê-los de uma morte certa, ante a falta de munição para o embate.

No entanto, aos soldados pouco importava a análise militar do velho Tavares. Acreditavam que haviam deixado a vitória escapar de suas mãos, e a sabedoria antiga dizia: "Depois que deixamos o cavalo passar encilhado pela nossa frente, nunca mais o pegamos".

Desfiladeiros, escavações, banhados, sangas e arroios, e tudo isso em meio ao frio e à chuva. Carretas cheias de feridos atrasavam a marcha. Foram dias de sofrimento.

Ainda sujo de sangue nas vestes, após algumas amputações e procedimentos mais simples, o doutor Ângelo Dourado atirou-se sobre o catre dentro da barraca. Fora repreendido, mais cedo, por Gumercindo, ante sua insistência em se manter na linha de frente nas batalhas. Afinal, se ele morresse, os federalistas ficariam em condições ainda piores. *Que tratasse de agir como um médico e não como um soldado comum!*

Ele sabia disso. Havia deixado a família em casa, as filhas Chiquinha e Laura, para ir à guerra, e não conseguia renunciar ao sentimento, à excitação quase sexual ao galopear sobre o lombo do cavalo, colocando-se na linha de tiro, pronto para matar ou morrer. Um baiano de bombachas, chapéu ladeado e pronto para a peleia. Tornou-se isso e não tinha mais escapatória.

Quando o doutor Ângelo Dourado experimentou o chapéu pela primeira vez e o ajeitou meio de lado, o comandante Gumercindo disse:

— *Sombrero de banda, nadie comanda!* — e, aos risos, abraçou o médico. Ângelo sentia uma obrigação moral de defender aquela gente. Pertencia àquele lugar, era um gaúcho de fato, pouco importava o berço de seu nascimento.

Ângelo Dourado admirava Gumercindo Saraiva. Para ele, o maior elemento com que a revolução podia contar: proativo, simples, misturava-se com os companheiros, era um chefe que cuidava, salvava, levava à vitória. Os homens que abandonam as próprias casas para brigar pela Pátria só podiam ser mandados por seus iguais em hábitos e costumes. Quem tentasse dar disciplina militar a um exército de patriotas ficaria sem exército e sem disciplina, dizia o comandante.

E de disciplina Gumercindo Saraiva entendia bem.

No caminho de volta ao extremo sul, a tropa estava descontente, e havia princípios de desobediência, insubordinação. O General Tavares deixava tudo passar, mesmo com as primeiras deserções. Porém, alguns soldados ultrapassaram a tênue linha do que os militares tinham por aceitável e o que era um crime capital.

Um grupo de soldados que fazia a ronda prendeu em flagrante dois companheiros que tentavam molestar uma senhora e sua filha adolescente. Em seguida, levaram os dois ao comandante Saraiva.

Ângelo Dourado não conseguia dormir. Seus pensamentos pediam para transbordar para os diários de guerra. O doutor se levantou, calçou uma chinela de couro e acendeu a vela na mesinha. Um temporal sacudia as lonas da barraca. Escreveu a história que não o estava deixando dormir.

Precisava colocar para fora o que havia visto. Na tarde, Gumercindo Saraiva havia condenado dois homens à morte, com lágrimas nos olhos. Um deles havia se criado em sua estância. Ele conhecia os pais e os irmãos, mas eles tinham tentado estuprar aquelas mulheres, e Gumercindo era rigoroso no que dizia respeito aos civis.

Escreveu no diário e refletiu sobre aquilo. Pediu água quente a um ajudante e preparou um mate. Esquentava os ossos com o calor da cuia e escrevia e escrevia, até a mão começar a doer ou surgir alguma urgência médica.

Espiou o acampamento silencioso.

— Os homens sem imaginação adormecem até ante os espetáculos mais grandiosos; os que pensam, os que entendem o que está acontecendo, esses não podem dormir — conversava consigo mesmo e não deixava que o peso dos olhos o fizesse desistir de continuar escrevendo.

Escutava o vento que fazia a chuva torrencial chicotear a tenda, que parecia que ia alçar voo. Escreveu até o céu se pintar de azul-celeste, empurrando a chuva para o norte, enquanto Ângelo registrava as reflexões sobre os voluntários. *Voluntários do martírio*, sublinhou a frase.

— Dios formó lindas las flores,
delicadas como son,

les dio toda perfección
y cuanto Él era capaz,
pero al hombre le dio más
cuando le dio el corazón!

O Tenente Hermano López disse a frase e aguardou um pouco. Nenhum dos outros tinha cartas para cantar um Contra-Flor. Ganhou mais uma partida.

Desde que foram surpreendidos pela retirada das tropas federalistas, o exército legalista também teve dificuldades para se movimentar em perseguição aos homens de Joca Tavares.

O velho foi inteligente, ordenou que se reavivassem as fogueiras, com muita lenha, deixando suas lanças cravadas no chão, refletindo no aço o vermelho das labaredas. Assim, quem via de longe jamais poderia imaginar que o exército inteiro debandou durante a madrugada.

Os dias seguintes foram de farejar rastros, seguir pegadas e atravessar sangas, vaus e banhados. Não podiam permitir que os federalistas cruzassem a fronteira para o Uruguai. Não tinham autorização de Castilhos de persegui-los na Banda Oriental e, caso adentrassem, poderia ser considerado um ato hostil do Brasil perante os castelhanos – o que poderia causar uma outra guerra entre os países.

— Pitamos? — perguntou Amaro, encerrando o truco.

— Pitamos — respondeu López. — Ruana, traz pra nós aquela canha reservada, me faz esse favor.

A mulher estava emburrada. Perdera todas as partidas no carteado; ainda precisava aprender a mentir. Jogou o poncho sobre o corpo e foi encarar a friagem da madrugada pampeana. O minuano entrou assobiando pelas frestas da barraca.

Concentrados, prepararam cigarros de tabaco negro. López desfiou um pouco de fumo e, com a ponta da faca, espalhou sobre o papel. Em seguida, lambeu a fina seda para que ficasse firme e fumou em silêncio.

Já era alta madrugada, mas eles ainda não se entregavam ao sono.

— Algo me diz, amigo Amaro, que essa guerra ainda vai longe. Quem passar do inverno consegue terminar vivo.

— Pois eu nunca passei por uma lechiguana dessas. Friagem das braba. Pelo menos do nosso lado está todo mundo de uniforme. Visse os revolucionários? Está todo mundo meio pelado. Vão morrer de frio, antes mesmo que a gente mate eles no campo.

— Mundo velho caborteiro...

— E o Chefe? O que diz Castilhos sobre nossas tropas?

— O presidente está afiado. E a população de Porto Alegre fica do nosso lado, agitada com as notícias que ele divulga.

Ruana entrou de volta na tenda e serviu um trago para cada um deles.

— Todos estão dormindo lá fora? — perguntou López.

— A maioria dorme, mas o movimento nas chinas acampadas na carreta da Sebastiana ainda não parou.

— Esse movimento nunca parou em toda a história — disse López, enquanto degustava a cachaça e pensava em suas andanças. — Quando eu estive em Porto Alegre, vi algo que me deixou incomodado. Fui numa pensão para encontrar uma chinita que eu sempre visitava, desde que ela devia ter uns treze ou quatorze anos. *Pues*, a dona da casa me disse que a pinguancha estava num hospital de caridade. Não sei por quê, mas fui atrás e encontrei ela em estado deplorável, com essas doenças das mulheres da vida... Mas o que mais me assustou foi que o hospital estava cheio de gente doente, com todo tipo de peste. É uma cidade nojenta, fede a latrina, com gente suja por toda parte, cortejos e mais cortejos de mortos levados das capelas até o cemitério. É uma cidade que olha pra nós, do campo, com repulsa, mas tem corpos de mortos jogados na frente das casas dos pobres, se decompondo, até que algum funcionário da prefeitura venha recolher.

— Mas o que te assustou, patrão? — quis saber Ruana.

— Que o poder esteja logo lá, onde ninguém cuida de ninguém, onde a pobreza é grande, a imundície é forma de vida. Logo lá no meio da podridão é onde está o poder.

— E o que tem isso? — perguntou Amaro.

— Enquanto lá no meio da sujeira eles mandam, a gente aqui no campo se mata...

— Guerra é guerra, patrão... — Amaro foi guardando as cartas e se encaminhando para fora.

— E eu não sei disso? Só fico pensando que se aquela gente da capital não cuida nem dos seus, como querem cuidar de todo mundo?

— É melhor o patrão dormir — sugeriu Amaro. — E guardar esses pensamentos só pra vosmecê... *Güenas noches.*

Hermano López também dispensou Ruana. A escuridão tinha ouvidos, e ele, de fato, não deveria contestar a liderança de Castilhos e dos homens fortes do governo. Mas ideias não pediam licença, e uma semente de desconfiança foi plantada em sua cabeça durante a viagem à capital.

Não dormiu naquela noite.

12

CAMPOS DO INTERIOR DE BAGÉ
ENTRE 13 E 17 DE MAIO DE 1893

TARCÍSIO ESTAVA ESGOTADO. Não tinha forças, estava com fome e frio. Resistia apenas com a expectativa da vingança. Após uma longa fuga, os maragatos se reuniram próximos à cidade de Bagé. Perderam mais de três mil cavalos e muitos homens na longa jornada de retorno; alguns caíram mortos, outros quedaram aleijados e uns tantos desertaram.

Não eram apenas os soldados que vinham liquidados. O General Joca Tavares tinha suspeita de pneumonia e quase morreu durante a noite. Após geada intensa, o velho encarangou, enquanto todos achavam que dormia. Logo cedo, o encontraram com o corpo rígido, azulado, a respiração lenta, quase congelado.

O doutor Ângelo Dourado mandou que o colocassem perto do fogo e pediu ajuda aos soldados. Homens fiéis abraçaram o velho e trouxeram animais para perto, para que o calor recuperasse o homem de uma morte quase certa.

Os generais haviam convocado os outros líderes para uma reunião de emergência. Fizeram menção de cancelar o encontro, porém Joca Tavares pediu que o mantivessem, mesmo naquele estado. À tardinha, reunidos na sombra de um umbu, os soldados e voluntários acamparam, aguardando por novas ordens.

Alguns metros distantes de onde aconteceria a reunião, Tarcísio observava Joca Tavares. O velho líder foi em direção ao ponto de encontro, arrastando a perna direita, fazendo uma força enorme para respirar.

O velho se sentou sobre um largo tronco da árvore, e o silêncio se fez, pois um homem como ele não precisava pedir atenção.

— Senhores, é chegado o ponto crucial para *nosotros*. Perdemos muitos homens, muitos cavalos. Estamos sem força bélica suficiente para continuar a revolução. O que vocês pensam sobre isso?

— *Estoy en contra* — responde Aparício Saraiva.

— Senhor Aparício, por favor, fale em português, estás lutando pelo Brasil, e a comunicação em castelhano não é de bom-tom — atravessou o General Salgado. O uruguaio não respondeu, apenas bateu na copa do chapéu e se retirou, não sem antes encarar o irmão, Gumercindo, para demonstrar descontentamento.

De um canto, o jovem Estácio Azambuja pediu licença, pois tinha algo a falar. De poucas palavras, costumava ser certeiro nos comentários.

— Nosso exército luta com uma divisa nos chapéus. Não sei se os senhores lembram, mas nela está escrito: vencer ou morrer. Precisamos sustentar os dizeres dessa divisão. Sou contra qualquer retirada de nossas forças.

— Seria mesmo inteligente morrermos todos e deixarmos o Rio Grande nas mãos do homem? — perguntou Tavares. — O assunto está posto. Vamos pensar sobre ele nos próximos dias.

Os maragatos decidiram, enfim, preparar a emigração dos revolucionários para o Uruguai, a fim de recuperar as tropas. Se reuniriam com Gaspar Silveira Martins e recomporiam todos os soldados, distribuindo armas e trajes.

Gumercindo Saraiva ficaria no Brasil e continuaria com a revolução de guerrilhas. Porém, precisaria de mais cavalos. Ele sempre dizia que, mesmo com pouca munição, poderia manter a guerra viva, mas que, com poucos cavalos, seria impossível.

Após a reunião, já no acampamento, Tarcísio se aproximou de Saraiva e pediu autorização para expor uma ideia.

Cavalgavam em direção aos arrabaldes de Bagé. A ideia de Tarcísio foi acatada pelos generais, e Estácio Azambuja havia sido designado para liderar o piquete. Aproximadamente trezentos maragatos avançavam em passo lento, sem calçar esporas, para não fazer barulho.

Ainda na noite anterior, Tarcísio havia se deslocado até as cercanias de Bagé para buscar pistas sobre o homem que ele perseguia. Ficou sabendo que o Tenente albino já estava famoso. Era um sanguinário de nome López. O destino dos dois estava acolherado para sempre.

Agora ele tinha um nome para amaldiçoar todas as noites.

Quando retornava, descobriu um potreiro nas cercanias da cidade com uma grande tropilha de cavalos que pertenciam ao governo. Além disso, confiantes como eram os pica-paus, deixaram o local quase desguarnecido.

— Não sei quantos animais... Mas, com certeza, mais de mil. Seria muito fácil chegarmos lá de surpresa e arrebatar toda a cavalhada pra revolução — disse, e pediu licença.

Mais tarde, foi convocado com outros lanceiros de Gumercindo para acompanhar Azambuja na empreitada. Deixaram o grosso das tropas no acampamento. Meu marido cavalgava ao lado de Estácio Azambuja, pude notar que estava orgulhoso por ser útil. O corpo de soldados avançava *despacio.*

Gumercindo Saraiva não concordava com o intervalo para recompor as tropas, via aquela manobra como um ato de covardia e desorganização, que terminaria de enfraquecer as tropas revolucionárias, e por isso contava com aqueles cavalos. É assim que se ganha uma revolução no Sul do mundo, sempre repetia o caudilho.

Tarcísio estava com fome. Todos estavam. A pouca comida que tinham, quando tinham, era velha: restos de carne seca, sobras de churrasco, a graxa com gosto ocre, quase azeda. Tudo estava sempre úmido, os homens perdiam as forças e o juízo nesses tempos sombrios.

Aproximaram-se do passo do Quebrachinho. A cerração não permitia que vissem um metro para frente, mas estavam próximos do destino. Azambuja pediu atenção, e passaram o recado um por um, em voz baixa. Tarcísio apontou para um rastro, contornando o monte.

— É para trás dos cerros que eu vi a cavalhada.

Daquele ponto, também vinham os primeiros raios do sol, anunciando a chegada da manhã. Ao se aproximarem, Azambuja foi surpreendido com a visão do que não poderia ser menos de três mil cavalos naquele potreiro.

Os trezentos homens de Estácio Azambuja, escondidos pelas brumas, estavam postos um do lado do outro. Seus cavalos começaram a bufar, escarcear, como se prontos para a batalha. Os cavalos livres se aproximavam, curiosos com os invasores.

Com o braço apontado para cima, Estácio Azambuja deu três tiros de revólver e avançou com o cavalo. Seguindo o comandante, Tarcísio gritava e rebenqueava o animal, já sem receios. A guarda estava longe.

A cavalhada correu no sentido correto, e os homens faziam o costado, fazendo o possível para conduzir aquela corrente de animais em disparada.

Surpreendidos, os pica-paus que deveriam estar fazendo a guarda, após alguns instantes, ainda sem entender como aquilo acontecia, montaram em pelo, sem arreios, e foram atrás do piquete de maragatos. Mas já era tarde demais. Os cavalos para a *montonera* de Gumercindo Saraiva estavam garantidos.

Tarcísio galopava atrás dos animais. Os cavalos pareciam saber o rumo e se deixaram conduzir. Ele também sabia o próprio destino durante o cessar-fogo: não iria para o Uruguai e tampouco para as guerrilhas de Saraiva.

Encontraria o Tenente López.

"Jaguarão Chico, 25 de maio de 1893.
Companheiro Quincas: a 19 lhe escrevi dando notícia das últimas ocorrências. Depois que recebi a cavalhada tomada do inimigo em Bagé, empreendi marcha com a força pelo Rio Candiota para ocupar o município de Jaguarão. Infelizmente fomos surpreendidos por um temporal que transbordou o dito Candiota, obrigando-me a retroceder, extraviando-se, nessa ocasião, um homem que conduzia os preparos necessários para inutilizar as pontes da Estrada de Ferro. A pobreza do exército me obrigou a licenciar forças para nos incorporarmos e continuarmos o movimento. Todos devem mover-se, visto como não podem viver na Pátria, enquanto estiver governando o Rio Grande o Dr. Júlio de Castilhos, que tem feito um governo de assassinatos e latrocínios, um governo que tem por divisa o extermínio dos adversários em suas pessoas e bens. (...) As desgraças do Rio Grande hão de continuar, enquanto o Marechal Floriano entender que deve sustentar o governo de Castilhos à custa do exército federal. Soube que pretendes ir para a cidade de Rio Grande, entendo que não deves ir sob pena de seres desfeitado, segundo ordens do ditador do Rio Grande do Sul – de exterminar nossa família."

Carta do General Joca Tavares
ao irmão, Joaquim, Barão de Santa Tecla.

13

INVERNO DE 1893

O INVERNO CHEGOU BRANQUEANDO OS CAMPOS DO SUL. O outono dourado de árvores perdeu a cor e a vida; a luminosidade bonita e o aconchego do sol do meio-dia acabaram sem chamar atenção. O minuano a tudo invadia, cortava até mesmo o couro curtido de Tarcísio, que nunca havia visto tempo tão feio. Ele tinha as faces queimadas pelo vento, os lábios rachando, os dedos inchados. Mal sentia a ponta do nariz.

A geada havia enegrecido os pastos, as árvores estavam desfolhadas, e do céu agora emanava uma luz despida de vida, repetindo um dia atrás do outro, cada vez mais minguada.

Perto do meio-dia, Tarcísio observou que as nuvens de frio voavam baixo, descabelando, invadindo as roupas. Uma queimadura na bochecha. Começaram a pingar gotas congeladas em suas mãos, rosto, chapéu. Ele apenas observou a chuva congelada que, em seguida, transformou-se em flocos de gelo.

O meu marido não conhecia a neve, mas sabia o que era. O cavalo bufou, impaciente, porém ele não quis se mover, com medo de que qualquer movimento, como que por encanto, fizesse a neve desaparecer. O contato do gelo com a pele era como pequenos beliscões, brasas sendo apagadas no breve contato com o couro, e ficou triste ao notar a rapidez com que derretia ao tocar no chão.

— Brida, olha que lindo isso... — disse e ficou esperando por algum sinal. Eu não podia aparecer, estava fraca. Guardaria minhas forças para o momento certo. Notei que naquele exato momento os olhos do Tarcísio marejaram. Também te amo, esposo. Queria que ele pudesse me escutar.

Aquele instante nos lembrou de algo muito próximo à sensação de paz, mas uma guerra particular estava à espreita. Momentos como aquele sempre nos escapavam por entre os dedos.

Havia passado *a lo largo* pelas cercanias de Bagé, indo direito à região da Bolena, Olhos d'Água, seguindo o rastro das maldades que ouvia dizer que os castilhistas faziam por aqui e por ali. Contudo, estava sempre alguns passos atrás.

O cavalo vinha magro, e o cusco azulego, mesmo ainda pisado, continuava acompanhando o dono. Tarcísio sofrenou na beira de um arroio, espiou para todos os lados em busca de uma boa passada, mas, no inverno, era assim, teriam que se atirar na água congelante outra vez. Conseguia enxergar, a alguns quilômetros à frente, um rancho de barro, onde pediria pousada. O cavalo negaceou quando o homem frouxou as rédeas, no entanto, quando Tarcísio encostou a espora, ele se atirou no arroio e se pôs a nadar com o fuço para fora e o cachorro ao lado.

Ao sair da água e subir o barranco, ganhou velocidade, e Tarcísio deixou que ele corresse para se aquecer. Continuava nevando. Galopearam até o rancho. O lugar parecia triste, abandonado. Volteou o cavalo e transpôs a cancela de madeira que protegia o terreiro. O cachorro correu até a casa e ficou por ali, farejando. O rancho estava com a porta escancarada, e não havia sinal de vida.

Tarcísio cavalgou um pouco pelos arredores e apeou ao lado de uma árvore seca.

— Ô de casa! *Permiso* pra entrar? — disse Tarcísio com as pernas dormentes, as mãos inchadas.

A casa era uma tapera, assim como tantas outras. Posteiros e agregados estavam todos na guerra, e as mulheres que não haviam ido junto com os maridos foram para as sedes das estâncias, cuidarem umas das outras.

À frente dele, havia os campos das Palmas, pedregosos, boas aguadas e desfiladeiros escondendo o brilho do rio Camaquã. Olhou para longe; a neve começava a cobrir os cerros. O vapor do lombo do seu cavalo se misturava à cerração, e o animal apontava com a orelha para barulhos inaudíveis a humanos e espantava com a cola insetos imaginários.

Tarcísio se despiu e entrou; precisava tirar aqueles trapos molhados. A porta de madeira tinha as trancas estragadas, mas conseguiu deixá-la encostada. No fogão, havia um resto de cinzas velhas, alguns galhos secos queimados pela metade, cheiro de picumã. O telhado de santa-fé estava todo negro por dentro, ante a fumaça de anos de cozinha, de assados e do calor do fogo.

Buscou gravetos, algumas *astillas*, e fez fogo para aquecer o lugar. Trouxe pela rédea o cavalo que não queria entrar, porém cedeu em busca de calor. Desencilhou. Acomodou os arreios perto do fogão que estalava e se sentou por ali mesmo. Aqueceu uma água para o mate. O azulego escutou algum barulho e saiu para a rua, empurrando a porta com o fuço.

Tarcísio pegou na mala um pedaço de charque que ainda restava e mastigou de modo a enganar a fome. O cavalo arrancava algumas pastagens que haviam nascido no chão de terra. O ambiente foi se aquecendo aos poucos, se apropriando dos cheiros dos visitantes, da sujeira de meses do homem, do suor, da urina e do esterco do cavalo, que já havia relaxado, e do pelo molhado do cachorro que acabara de voltar abanando o rabo e com um passarinho na boca.

Tomou um pouco de canha. Apenas um gole, porque estava acabando. Espalhou o xergão e o pelego na terra, fez o basto de travesseiro, deitou-se enrodilhado, abraçado em si mesmo, buscando se aquecer e se entregou ao sono sem sonhos daquele estranho inverno.

Acordou sobressaltado com o relincho do colorado e os latidos do cachorro. O cavalo disparou para fora do rancho, levando a porta junto, porém o cachorro, de pelos eriçados, ficou em pose de ataque na frente de uma cobra cruzeira pronta para dar o bote. O bicho, em tons de marrom, pintado como uma onça, avançou em direção ao cachorro, que conseguiu desviar a tempo e escapar da picada, ainda mostrando os dentes para a víbora.

Tarcísio alcançou uma lenha e aguardou a investida da cobra que o encarava, silvando. O animal se encolheu e deu o bote, mas errou. Dessa vez, ela buscou esconderijo no canto da sala, não tinha por onde sair. Ele acertou a cabeça do animal, que ainda estremecia em reflexos involuntários.

— Acho que é melhor seguirmos viagem, cusco — disse ele, enquanto vestia as roupas. O cachorro cheirou a cruzeira morta e saiu para a rua em disparada.

A neve da noite passada havia derretido sob a luz do sol. O céu estava de um azul gelado, tipo a seda dos vestidos das meninas ricas, que também enfeitam, contudo não aquecem. Léguas adiante, era possível enxergar uma fumaça fina riscando o céu. Alguém preparava o café da manhã.

O cachorro latiu e chamou a atenção de Tarcísio, que saiu à procura do animal. Encontrou o colorado deitado sob a árvore seca que, nos verões, devia ser de boa sombra. O cavalo respirava difícil e espumava pela boca. Tarcísio localizou a picada entre o peito e o pescoço do companheiro, que gemia e bufava, sabedor de seu destino.

Tarcísio acariciou a taboa do pescoço, passou a mão pelas crinas negras, pelo fuço. Sentiu o pelo grosso do animal, que ficava assim em todos os invernos e que, no verão, era fininho e brilhoso. *Ah, meu colorado...* O companheiro buscava seus olhos com medo. *Por que não fui eu?* Pude sentir a confusão dos pensamentos do meu marido, que fechava os olhos e via nossos corpos mortos estendidos no chão da nossa casa. Sangue e terra. O cavalo deu uns solavancos, como se tentasse levantar-se, porém não conseguiu. O veneno da cruzeira já havia feito um estrago, coalhando o sangue, obstruindo a respiração, as veias. O animal fez força, queria viver. As patas tremiam, os cascos raspavam no chão, cavando uma pequena cova.

Ele puxou a faca afiada da cintura, aproximou-se do ouvido do cavalo e conversou com ele, lembrando do colorado ainda potro, presente de Gumercindo, domado a muito custo, de sangue furioso... *Até breve, parceiro velho. Quando encontrar Floriano, chama ele, lembra do calcanhar... afastado, pra baixo, pra que não dispare com o roçar das esporas. Logo a gente se encontra com ele...* Acariciou a testa, alisou o pelo até sentir a pulsação acelerada do sangrador. O colorado tinha espasmos. A faca de bom corte acabou com o sofrimento do animal.

Tarcísio sentiu o sangue escorrendo e a vida se esvaindo pelo buraco da faca. O colorado olhava para ele, como que para pedir uma última chance, até que o olhar ficou opaco e o cavalo expeliu ar pela última vez, virando a cabeça para o Sul. Dizem que, antes de morrer, os cavalos olham para os lados de *donde* vieram.

Tarcísio permaneceu agachado ao lado do parceiro, acompanhando seu olhar. Meu marido tinha a garganta poeirenta, os olhos secos. Pensou em acabar com sua vida, insistia que devia ter sido ele. Mas nosso reencontro não seria assim. Uma sombra passou sobre sua cabeça. Sei que ele pensou que fosse eu; entretanto, era apenas um carancho que sentia o cheiro da morte e, em breve, levaria pedaços do cavalo para os céus.

Tarcísio atirou uma pedra em direção ao bicho, mas este nem tomou conhecimento. De nada adiantaria. A natureza tinha seus vícios. Outras aves já se aproximavam.

Os dias eram uma sucessão de eventos repetidos, de horas arrastadas e de medo da noite e do frio. Tarcísio variava, conversava sozinho ou com o cachorro. Nem procurava mais ranchos para dormir, qualquer mato seco ou beira de rio com pedra já era acampamento. Deitou-se sobre os pelegos, cobriu-se com as xergas. Revolveu-se, encolheu as pernas, tentou aquecer as mãos. *Será que estou ficando louco? Onde tu está, meu amor? Estou perdido... Quantos terei que matar para encontrar López? É esse o nome, não é mesmo? A pele branca, o cabelo sem cor e o olhar me encaram todas as noites. Quando terei minha chance?* Tarcísio queria parar com esses pensamentos, mas as noites geladas o castigavam. Avançava na procura pelo leito do rio Camaquã, pelos matos e pelas estâncias e taperas das Palmas. Já havia desviado de dois pelotões de pica-paus. De longe, via que López não estava entre eles, então mudava o rumo e andava. Quando percebia, estava de novo no mesmo lugar. Sentia-se um inútil, um covarde. Começou a bater o queixo. Estava frio. *Febre?* Espichou a mão até o bocó e não achou a guampa de canha. Não tinha mais nada. Noite. O cachorro sumiu, não enxergava coisa alguma. Vagueava por entre corpos mortos, os pés afundando em um lodo de barro e sangue, cavalos mortos. Um leão baio estava à espreita, mostrava os dentes, tinha sangue nas presas. *Matou meu cusco?* As pernas pesavam. Um animal atacou Tarcísio. Tentou bicar seus olhos. Quando alçou voo, veio outro e mais outro. Escutou a cobra que se aproximava, arrastando-se pelo barro, mostrando a língua, tentando falar. Era um animal gigante, poderia engolir um cavalo. As mãos também tremiam. O velho Guiraldes segurava seus pés e pedia socorro. *Deus não existe, eu sei.* As formas acorrentadas se aproximavam. Tarcísio sorriu, abriu os braços e procurou. Escutou, ao longe, as risadas e os gritos dos loucos. Ele tirou o capuz de um dos espectros e o reconheceu: era Brida, ela estava inchada, em decomposição, erupções nas bochechas, larvas nas narinas, a boca costurada de forma grosseira, e do pescoço degolado saíam tendões e nacos de gordura.

Tarcísio pegou a faca e acordou agitado. O cusco o observava de perto e lambeu sua face. Tinha na boca o gosto amargo do pesadelo.

A chuva voltou e não deu trégua um dia sequer. Se cruzar o meio-dia chovendo, vai o dia inteiro, já dizia seu pai. Naquelas tardes, sentados nos bancos de osso, vendo o aguaceiro pela porta sempre aberta, o velho ensinava ao menino os segredos de trançar o couro; faziam rebenques, cintos, cabeçadas, cabresto. Uma pena que Tarcísio nunca teve o talento do pai.

Não se via sinal do sol e tampouco das estrelas naqueles dias de céu carregado. Tarcísio sabia apenas que andava sem rumo, por vezes enxergava alguma árvore pela qual tinha certeza de já haver passado, porém a certeza logo se esvaía como o sangue dos inimigos depois do golpe. Sem opção, continuava a caminhada, ultrapassando sangas, matas, avistando currais de madeira no mato, observado a distância por animais selvagens.

Sentia dor no ombro e nas pernas, e uma leve tontura. Tinha fome. Sua comida já havia acabado e ele não conseguia caçar. Roubava algumas pequenas caças do cachorro, comia folhas, besouros, larvas de troncos apodrecidos. Tomava água do rio e das sangas e, por vezes, conseguia pescar, com as mãos, alguma traíra distraída que buscava sol na superfície da água ou algum peixe morto que ainda não havia apodrecido. O mate era um bálsamo para esquecer a fome; no entanto, até mesmo sua erva velha estava acabando. Em um desses dias, reparou em seu reflexo no espelho do rio e assustou-se com a própria magreza, com o comprimento da barba negra. Viu Gumercindo Saraiva no reflexo e quis ter ido para a guerrilha do seu chefe. Estava com saudades da guerra. Tinha feito uma péssima escolha em seguir sozinho.

No dia seguinte, no princípio da tarde, parou de chover. Mais tarde, durante a caminhada, Tarcísio teve a certeza de que estava sendo seguido. Olhou para as árvores, para a beira do rio, e não viu nada. O cachorro eriçou os pelos, mas não saiu de seu lado. Escutou, vindo da esquerda, o estouro de galhos quebrados, de botas sugadas pelo barro do chão; contudo, suas vistas o enganaram: ele não enxergava ninguém. Continuou a caminhada até que, em algum momento, o cusco passou a rosnar.

— Quem está aí? Aparece, covarde!

Escutou alguns passos, porém continuou sem enxergar ninguém nas sombras da mata.

— Aparece, homem! Aparece, que eu vou arrancar tuas tripas pra fora, desgraçado! É tu, não é, López? — disse e desembainhou a faca.

Avançou nas sombras e nada.

Quando guardou a lâmina e começou a acreditar que estava ficando louco, o homem saiu das sombras, ao lado de uma árvore, e ficou parado na frente dele. Sentiu-se intimidado por aquele rosto felino, olhos riscados de vermelho. O sujeito levantou as mãos, mostrando que estava desarmado, mas ao mesmo tempo exibindo braços negros e fortes. Não tinha pretensões de deixá-lo passar.

— E vosmecê, quem é? — perguntou o homem.

— O que o senhor faz aqui por estas bandas?

— Eu moro aqui. Vosmecê quem é? Não é bem-vindo.

— Meu nome é Tarcísio e estou perdido e com fome.

— Seu Tarcísio, o senhor vai pegar a direita e caminhar duas léguas e esperar amanhecer. Lá tem uma boa senhora que pode te alimentar e ajudar com alguma precisão.

— O senhor não tem nada?

— Vosmecê pode levar esse fumo. Vai espantar a fome. Mas guarde um pouco. Nunca se sabe.

— O senhor mora sozinho aqui no mato?

— Vosmecê pega seu rumo, seu moço. Aqui é terra de quilombo. Pode ir direito praquele lado que falei e diga pra moça que o Tião que te enviou. Ela vai ajudar vosmecê. Mas não volte pra esses lados. É perigoso.

Os homens se encararam durante alguns segundos, e Tarcísio bateu a copa do chapéu e foi pelo rumo indicado por Tião. Quando olhou para trás, o homem já havia desaparecido. Tarcísio continuou sentindo uma presença até estar *lejos*.

Quando deixou o mato fechado para trás, voltou a chover sobre ele. A garoa caía fina e oblíqua, molhando as roupas e pinicando a pele de Tarcísio. Carregava os arreios nas costas, a espada por entre pelegos, mas a faca sempre na cintura. Queria um revólver ou um fuzil, porém soldado raso que nem ele não tinha essas regalias. Apesar de rala, a água da chuva escorria pela barba. Durante a caminhada, se perguntou se aquele homem existiu mesmo ou se foi mais algum dos fantasmas que o cercavam.

Antes do amanhecer, chegou ao local indicado. Era uma casinha de madeira, acompanhada de um pequeno galpão e, mais adiante, um chiqueiro onde um porco fuçava. Avistou umas galinhas que dormiam nos galhos de um pessegueiro. O lugar era um fundo de campo, sem viva alma por perto. Não se espantaria se quem morava por ali estivesse fugindo de alguém.

Mesmo faminto, Tarcísio esperou por mais de uma hora. Apenas se movimentou quando começou a sair fumaça da chaminé da casa. Não era porque estavam em guerra que ele esqueceria a educação; não chegava assim na casa dos outros, sem pedir licença. Do lado de fora do parapeito, bateu palmas e aguardou. Um vulto apareceu na janela.

— Quem vem lá?

— *Permiso*, senhora. Venho em paz. Um homem, Tião, me indicou esse lugar para buscar algum alimento.

A chuva deu trégua. Tarcísio passou as mãos na barba para tirar a água e viu as próprias roupas folgadas, a sujeira. Ficou com vergonha por se apresentar daquele jeito, mesmo em tempo de guerra. A mulher abriu uma fresta e espiou para fora.

— Pode passar, moço. Se tiver arma, deixa no galpão — disse e entrou para as sombras da casa, mantendo a porta entreaberta.

Ele largou os arreios, com a espada emalada, no galpão, e voltou para a casa. Estava imundo, tirou as botas para não sujar, mas os pés fediam. Pediu desculpas por isso e foi entrando. Deixou o cachorro do lado de fora. Era um rancho simples, de uma peça só, e quase nada de mobiliário. Uma mesa, duas cadeiras, uma cama de casal pequena, com colchão feito de lã de ovelha e uma velha roca no canto. No outro extremo, havia uma lareira de pedras, com uma cambona fervendo de um lado e uma panela de ferro do outro. Na frente do fogo, entrouxado sobre um pelego preto, uma criança de apenas alguns meses dormia alheia ao frio.

— Puxa uma cadeira e senta perto do fogo pra te aquecer. Depois, se tu buscar uns baldes de água na sanga, podemos esquentar um banho pra ti.

— Acho que estou precisando.

— Tenho apenas uma sopa de legumes e charque pra oferecer.

— Agradecido. Não como nada quente já faz um bom tempo.

Somente agora Tarcísio reparou na senhora. Ainda era bem moça, pequena, peitos cheios de leite. Usava um velho vestido de lã, com bombachas por baixo da saia e um pano atado na cabeça, contendo a cabeleira castanha.

Enquanto puxava a panela para mais perto das labaredas, a mulher também o observou. Viu sua face descarnada, o cabelo comprido e rebelde. Era um homem moço, porém envelhecido e magro. Olhou para o piso e para o rastro que ele deixou com seus pés úmidos.

— Eu limpo pra senhora — ele disse.

— Não carece. Não tenho muita coisa para fazer nesses dias mesmo.

A mulher colocou mais lenha no fogo, que estalou saltando chispas, e o bebê resmungou, mas seguiu dormindo. A sopa começou a ferver, e o cheiro do caldo fez a boca de Tarcísio salivar. A mulher serviu um prato caprichado e buscou um pedaço de pão para que ele se alimentasse.

O homem comeu fazendo barulho, sendo observado pela mulher, que agora segurava o bebê no colo. Comeu sem dizer palavra, entretanto não repetiu. Apesar da fome, preferia não correr o risco de deixar a mulher sem alimento.

— Eu sou Maria. Qual a graça do amigo?

— Me chamo Tarcísio. Obrigado pela comida — disse, deixando o prato sobre a mesa e voltando para a beira do fogo. — Quantos anos vosmecê tem?

— Uns dezoito, quase dezenove. Acho.

— E o que faz sozinha aqui neste fundão?

Ela hesitou.

— Perdão, só queria conversar — ele disse.

— Não tem problema, moço. Eu sou daqui da Coxilha das Flores mesmo, vim pra cá quando me casei. Meus pais, posteiros, moravam algumas léguas pra frente. Mas foi todo mundo pra guerra. Meu marido morreu, e eu fiquei aqui.

— Ele lutava por quem?

— E isso faz alguma diferença?

— De fato, não faz.

Tarcísio ficou calado por alguns instantes, pensando que, sozinha daquele jeito, era melhor que essa mulher tivesse ido para a guerra junto, ou pelo menos que jogasse a cria fora no arroio, para não ficar presa por ali. O bebê começou a chorar.

— E como tem se virado por aqui?

— Nós tínhamos uma pequena lavoura de milho, mais uma hortinha no verão... e uma vaca leiteira, também, mas os soldados a requisitaram um mês atrás. Agora sobrou o porco, a ovelha e umas galinhas. Com isso vou levando... Vosmecê pode me ajudar a carnear a ovelha? Queria fazer charque para os próximos meses.

— Hoje? Não pretendo me demorar.

— Hoje não. Com esse tempo não dá. Amanhã ou depois. Vosmecê precisa tomar um banho, e eu posso limpar e remendar essas roupas. As outras estão nos arreios?

— Só tenho essas.

— Mas nem um poncho? Nada pra esse frio?

— Nada.

— Às vezes era melhor estar morto.
— Às vezes, sim.

Tarcísio buscou baldes de água no arroio que passava perto da propriedade, e a mulher aqueceu a água e a pôs em um grande tacho de madeira, que ficava no galpão, para que ele se banhasse. Ela lhe entregou uma toalha e um pedaço de sabão.

— Deixa a roupa suja sobre os pelegos — ela disse e emprestou uma bombacha velha e uma camisa do marido morto.

A mulher esperou que ele se despisse para levar as roupas. Tarcísio lhe alcançou a jaqueta, a camisa e as bombachas, jogando no chão a velha cinta. Ambos se impressionaram com sua fraqueza. Ele estava magro, de um tom adoentado, feridas aparecendo sob os pelos. Ela reparou nos ossos salientes, na paleta que apontava para fora nas costas, nas nádegas profundas. Cascas de sujeira se formavam nas dobras do pescoço e dos pés.

— Não tenha vergonha, moço. Não é o primeiro soldado que eu ajudo — Ela deu seu braço para que ele se apoiasse e entrasse na água morna. O caldo foi se tingindo de opaco, conforme a sujeira se desprendia da pele fina de Tarcísio.

Maria emprestou uma escova para ele e, em seguida, voltou com uma tesoura e uma navalha afiada. Pegou o sabão e esfregou o pescoço, a maçã do rosto. Em seguida, passou delicadamente a lâmina, tirando quase nada de sangue. Com uma tesoura preta, tosou a barba, dando-lhe uma forma arredondada, e cortou os cabelos.

— Agora está com cara de gente.

Logo depois, correu para dentro da casa, onde o bebê berrava de fome.

O dia foi cinzento, silencioso e triste. Tarcísio quis carnear logo a ovelha para continuar sua jornada, porém ela não permitiu. Então ele rachou lenha, passou um rastilho no pátio e caminhou com o cachorro. À noite, ela o chamou para dentro, serviu um pouco mais de sopa e perguntou sobre a guerra, se ainda faltava muito para acabar.

Estavam na frente da lareira, esquentando os pés. Em outra vida, podiam até mesmo ser um casal, daqueles felizes; mas não nesta. O bebê começou a chorar de novo, e Maria abriu a parte de cima do vestido e deu de mamar à criança. Tarcísio fez de tudo para não olhar o peito da mulher. Ficou nervoso e pediu licença para ir dormir.

— Pega uma coberta ali na cama. Está frio no galpão.

Tarcísio caminhou até lá e viu que ela havia deixado uma manta dobrada nos pés da cama.

— Essa?

Ela confirmou com a cabeça. Tarcísio olhou para ela, iluminada pelo fogo, acomodando o bebê em um braço enquanto buscava ajeitar o vestido. Desviou o olhar e saiu apressado de dentro da casa.

O galpão congelava. Era uma noite fria, mas, ainda assim, melhor do que as últimas em que dormiu no chão, com vento e chuva. Deitou-se na terra batida, que foi se aquecendo conforme pegava emprestado o calor de seu corpo. A coberta ainda tinha cheiro do sebo da ovelha, porém não o seu calor.

Escutou barulhos leves na madeira, pisadas de ratos ou outros animais noturnos. Assobiou, e o cachorro se aquerenciou encostado nele. Pensou ter ouvido o piar de uma coruja, mas talvez fosse o choro da criança de novo. Pegou rápido no sono.

Tarcísio precisava de descanso, mesmo que não admitisse. As atividades simples da vida no campo foram ocupando seus dias, e ele nem se deu conta de que o tempo estava passando rápido demais. Cuidava as carnes no varal para que nenhum bicho pousasse e para que o cusco não roubasse para comer.

O cachorro já estava se sentindo em casa. Depois que entrou uma vez no rancho e não foi corrido, passava os dias deitado na frente da lareira, com a cabeça sobre o pelego, observando o bebê de Maria, que ria de volta para ele.

Desde que ele chegou, Maria trabalhava de forma incessante na roca. As mãos ágeis trançavam as linhas, fiavam e fiavam, até que ela achou que estava pronto. Maria procurou por Tarcísio do lado de fora e o encontrou revisando os ninhos das galinhas, buscando os ovos da tarde.

Aquela seria uma vida possível, caso tivessem se encontrado antes.

Maria o presenteou com um poncho de lã crua, para que não sentisse frio nas noites de geada. Aquela gentileza o deixou sem reação, contudo ela tampouco esperava um agradecimento, e em seguida já voltou para dentro das casas.

Mais tarde, jantaram em um silêncio confortável. Velas de cera de abelha deixavam a casa com um cheiro adocicado. O fogo baixo, quase apenas cinzas. O cachorro enrolado na frente da lareira, enquanto o menino dormia, já um pouco mais encorpado do tempo que havia se passado.

Ao terminarem de comer, Tarcísio recolheu os pratos e os colocou dentro do balde com água, para lavar no dia seguinte. Ainda estava frio, mas logo o inverno iria embora, e ele precisaria voltar para lutar e buscar os generais. Enquanto Joca Tavares e grande parte das tropas se recuperavam no Uruguai, Gumercindo Saraiva continuava as guerrilhas em solo brasileiro. Sem cavalo, Tarcísio demoraria muito tempo; entretanto, teria de encarar a jornada. Espreguiçou-se, fez um carinho no menino e assobiou para que o cachorro o acompanhasse.

— Fica aqui dentro hoje? — perguntou Maria. Ela levantou-se e aguardou uma resposta.

Tarcísio alimentou o fogo, e as chamas iluminaram o

quarto. O cachorro esperava perto da porta, impaciente.

— Tem certeza? Está com medo de alguma coisa?

— Queria apenas que se deitasse comigo. Só hoje.

Maria desatou o lenço e soltou a cabeleira castanha. Tirou o vestido, e seu corpo nu foi alumiado pela claridade quente do fogo. Ela era miúda, apesar de ter tido filho fazia pouco. Exibiu as formas delgadas para Tarcísio e entrou para debaixo das cobertas e ficou de costas para ele. Tarcísio tirou a roupa e se aninhou atrás da mulher.

Estavam gelados. Os pelos do corpo dela se arrepiaram. Encaixaram-se e respiraram fundo, sentindo o cheiro um do outro. Ela começou a chorar.

— Eu posso voltar pro galpão, se tu preferir.

— Fica quieto...

— Sabe que eu não posso ficar, não é mesmo?

— Eu não quero outro marido. E sei que tu só está aqui por causa da tua mulher que morreu.

— Como sabe disso?

— Sonhei com ela. Era bonita.

Tarcísio ficou mudo. Afastou-se um pouco, não sabia se queria continuar.

— Fecha os olhos. Só por hoje — disse e se aconchegou nele. Tarcísio ainda estava desconfortável, mas agora era eu quem ele sentia, ali na cama, meu sexo aquecendo as cobertas. Maria buscou a mão dele e a pousou entre as coxas, mostrando que estava molhada. Ela também tinha os olhos fechados e o gosto do marido morto no hálito do meu marido vivo, que a segurava firme pela cintura, cheirava os cabelos castanhos, mordia os ombros. Tarcísio puxou o queixo dela para conseguir alcançar a boca, e suas línguas se tocaram, como a se experimentar. Então Maria virou-se de frente para ele, ainda com os olhos cerrados, e montou no meu homem, cada um em seu mundo, em suas lembranças, procurando se acomodar ao ritmo um do outro, enquanto matavam a ânsia de viver de novo.

Tarcísio acordou apenas quando Maria o sacudiu pelos ombros. Já estava claro do lado de fora, podia ver pelas frestas das paredes, pelo espaço embaixo da porta. O bebê estava risonho sobre o pelego, brincando com o cachorro e arriscando engatinhadas.

— Vamos tomar um café?

— Tem?

— Tenho apenas para dias especiais — ela disse. Então, foi preparar o pó para passar no filtro velho. A água fervia na cambona.

Tarcísio se levantou e abriu a porta. A manhã era de céu encardido, e nuvens baixas corriam em direção ao norte. Reparou que já não havia geada no pasto. Sinal de que o inverno em breve ficaria para trás. O frio ainda se espicharia, teimando em não ir embora.

Maria entregou a caneca alouçada para Tarcísio e voltou para pegar o filho no colo. Ele buscou as cadeiras, e os dois se sentaram em frente à porta, esperando algo que não viria. Tomaram o café quente em silêncio, pensativos. Observaram o cachorro se espreguiçar e correr para o lado de fora, buscando cheiros e urinando em vários locais.

— Não tem tigre pra esses lados?

— Quando viemos para cá, a gente viu um. Meu marido matou. A pele era linda, ele usou nos arreios. Ficou *muy* lindo.

Aqui era bonito e feliz, ela disse, e depois contou sobre sua vida antes da guerra. Não era nada de mais, porém era uma história, e histórias sempre ajudavam a passar o tempo. Maria contou como conheceu Francisco em uma festa na igreja do ajuntamento. Os dois eram jovens, se apaixonaram; e os pais ajudaram a começar a vida. Esse cantinho, onde estavam agora mesmo, fazia parte do posto de uma estância, e o dono era padrinho do marido. Também havia morrido na guerra.

Eles mesmos construíram a casinha, derrubaram árvores para fazer a clareira, o galpão. Os animais foram presentes de casamento. Eles cuidariam dos campos por ali e viveriam como Deus permitisse. Até a guerra chegar, a vida era boa.

— Nos últimos dias por aqui, ele colocou a criança no meu bucho e se foi. Não fosse o filho, talvez eu já tivesse ido embora.

Fez-se um silêncio constrangedor entre eles. Tarcísio parecia não querer falar sobre mim, nem sobre Floriano. Eu não podia permitir que ele se apaixonasse por aquela menina. Eu tinha meu objetivo. Sussurrei em seu ouvido para ver se ele lembrava.

— Fica tranquilo. Vosmecê vai ter o que procura — ela disse, e se levantou e foi para dentro de casa.

Alguns dias se passaram. O sol já brilhava forte, mas ainda nada que afastasse o frio das noites. O alvorecer estava bonito, caturritas berravam escondidas no mato, e alguns pássaros tristes cantavam melodias melancólicas.

A mulher pressentia algo. Saiu para a rua e deixou que o cachorro saísse para averiguar. O animal rosnou para o horizonte, levantando o fuço, antecipando a chegada de algum visitante.

Um medo instintivo eriçou os pelos do braço de Maria. Ela teve o impulso de correr para dentro da casa, trancar a porta e não responder a ninguém que aparecesse.

O cachorro latiu em direção à estradinha.

Quando entrou em casa, gritou para o animal passar para dentro.

— Que passou? — quis saber Tarcísio. O homem aguardava chupando a bomba de chimarrão.

— Está vindo alguém.

Tarcísio se levantou e espiou pela janela. Uma silhueta estava contra a luz do amanhecer. Apenas um homem solitário, chapéu de aba curta, poncho negro e comprido. Esporas brilhavam, e se escutavam os tinidos enquanto ele se aproximava, montado em um cavalo de pelo oveiro.

Tarcísio fez menção de abrir a porta e foi repreendido.

— Vosmecê vai sair pelos fundos. Não aparece até que o homem tenha ido embora. Ele pode não estar *solito*.

Ele refletiu e obedeceu à mulher. Ela tinha razão. Saiu por umas tábuas que estavam apenas encaixadas, sem os pregos, justo para momentos como esse. Deixou o cachorro ali dentro, rosnando.

Maria abriu a porta e aguardou o cavaleiro se aproximar. O cusco voltou para a rua e ficou latindo para o homem, mostrando os dentes. Maria escondeu as mãos, que tremiam. Fez um esforço para que ele não notasse seu nervosismo e gritou para o cachorro. O animal parou de investir contra o cavaleiro.

O homem agradeceu com um toque no chapéu e falou alguns segundos depois, calmo e revelando uma voz de trovão.

— Dia, madame.

— Bom dia.

— Posso apear?

A voz do homem era como uma esbofeteada no rosto. Ela pensou em algo, mas não restava alternativa.

— Pois fique à vontade. A casa é do amigo. Em que posso ajudar?

— A moça tá sozinha?

O homem estava armado de um rifle, com o coldre amarrado na frente do lombilho.

— Deus tá sempre comigo, senhor.

— Posso ver. Na verdade, estou apenas de cruzada, aqui e ali faço algumas requisições e sigo meu caminho — O bebê começou a chorar dentro de casa. Maria buscou-o lá dentro e o segurou no colo. — O pai da criança está na revolução?

— Sim, senhor.

— Muito bom. E ele está servindo por qual lado?

— Isso importa, moço?

— Ah, se importa!

A mulher reparou no lenço branco do homem, as divisas no chapéu, e disse o que ele queria escutar:

— Pois ele está servindo na divisão do norte, com os pica-paus.

— Viva Júlio de Castilhos! Nesse caso, moça, peço apenas um prato de boia e sigo meu rumo. Tenho pressa.

— Pois sente no banco aqui na frente enquanto eu aqueço o resto da janta.

— Agradecido.

— Posso saber por que a pressa? — gritou lá de dentro.

— Eu estava servindo pelos lados de Bagé, porque o General Tavares está juntando sua tropa de novo, mas recebi um próprio me convocando para voltar à minha cidade. Santa Fé, conhece?

— Nunca ouvi falar.

— É longe daqui. Os maragatos de lá estão cercando e encurralando nossos companheiros. Parece que as coisas estão complicadas, não deixam ninguém sair do Sobrado, sem água, sem comida. A casa tem velhos, crianças. Uma barbaridade.

— Nada muito diferente do que se passa por aqui.

— De fato. Mas minha família é agregada do Coronel Licurgo, e por isso vou voltar.

Ela retorna com uma caneca de sopa fumegando.

— Come antes que esfrie. Qual a vossa graça?

— Munício Caré.

O homem comeu fazendo estardalhaço e ainda pediu mais. Agradeceu a comida e pediu que a mulher se cuidasse, pois tinha muito degolador maragato andando por aquelas bandas.

— Nem todo mundo é respeitador como eu...

— Acontece que Deus tá sempre comigo. Ele há de prover.

Munício deu uma risada e bateu na aba do chapéu.

— *Hasta luego*, madame — ele disse. Esporeou o cavalo, que saiu a trote em direção ao mato. Assim que o visitante desapareceu, Maria fez o sinal da cruz e cuspiu no chão para afastar o mau agouro.

Tarcísio observou de uma distância segura o suficiente para não ser visto, mas próximo o bastante para escutar toda a conversa. No mano a mano, ele tinha a certeza de que poderia matar aquele pica-pau, porém foi bom só observar. Agora tinha conhecimento do movimento das tropas. Sabia que aquele descanso não seria para sempre. Tinha medo de se acostumar com a vida pacata ao lado de Maria e do menino. Ele não tinha esse direito.

Se o General Joca Tavares estava mesmo reorganizando suas forças para invadir o estado do Rio Grande do Sul contra o ditador Júlio de Castilhos, era sua obrigação se apresentar. Ansiava por reencontrar o rastro do Tenente López.

Quando entrou na casa, encontrou Maria angustiada, balançando o filho no braço. O cachorro entendia o que estava acontecendo. Tarcísio se aproximou da mulher e fez um carinho em sua cabeça.

— Vosmecê vai mesmo embora?

— Já é tempo.

— Por que não espera esse pica-pau se afastar mais?

— Porque é atrás dele que eu vou. Preciso daquele cavalo, não posso mais andar a pé.

— Mas ele foi pro outro lado.

— Se eu correr, consigo pegar ele antes da noite, ou pelo menos quando ele parar pra dormir.

— Se é assim... — disse ela, e de pronto soltou o menino no chão, indo arrumar algum alimento para que ele levasse.

Enquanto isso, Tarcísio trocou de roupa. Deixou as vestimentas do marido dela e vestiu suas fardas. Estava mais forte do que quando havia chegado, e mais confiante também.

Maria assistiu a tudo em silêncio, sem manifestar contrariedade.

Um pouco depois, já com os arreios emalados nas costas, vestindo o poncho bichará feito pela mulher, e com o lenço maragato atado no pescoço, Tarcísio abraçou Maria e a beijou na testa.

Entregou, nas mãos dela, a ponta de uma corda para que ela atasse o cachorro.

— Fica com ele?

— Por quê?

— Um presente pro guri. Vão ser bons amigos.

Tarcísio fez um carinho no cachorro, que o observava com os olhos úmidos e a testa enrugada. Tinha o rabo entre as pernas. O homem passou o laço da corda no pescoço do cachorro e se despediu.

Olhou uma última vez para Maria e para o rancho. Deu as costas e seguiu o rastro de Munício Caré. Teria léguas pela frente, porém a revolução o esperava.

Caminhou um bom tempo, mas sempre escutando os uivos do cachorro azulego que havia ficado para trás. O animal chorou ainda uns quantos dias, antes de aceitar que agora sua casa era ali naquele fim de mundo.

A estrela boieira despontou no céu antes mesmo de escurecer, mostrando o caminho. Tarcísio foi como podia, carregando os pertences nas costas, sem, contudo, perder de vista os rastros dos cascos do cavalo. Munício Caré adentrou a mata fechada e se embrenhou naquele território desconhecido. Atrás dele, Tarcísio continuava espreitando-se e, aqui e ali, sentia-se observado pelos moradores do local.

Depois de longa caminhada, quando a noite já os apresilhava, Tarcísio viu a fumaça de um fogo e os estalos da madeira, o chiado de carne assando, o gosto da gordura azeda, rudimentar, lambida pelas labaredas. Logo adiante, escutava as águas barrentas do Camaquã em seu curso agitado. Largou os arreios no chão e avançou noite adentro.

Avistou o outro acampado às margens de um braço do rio que formava uma lagoa. O cavalo pastava solto, e o dono descansava perto das grandes rochas.

Parecia dormir. Tarcísio escutava o estralar do fogo, o cheiro da graxa que pingava nas brasas se espalhava. Observou o pequeno animal que estava espetado em uma madeira. Munício havia caçado uma lebre que assava a fogo baixo.

Tarcísio foi se aproximando. O cavalo parou de pastar e levantou a cabeça com as orelhas apontadas para o lado em que ele estava. Porém, o soldado castilhista não se moveu. Encostado em uma grande rocha, dormia pesado.

Tarcísio deu a volta pelo mato e se escondeu atrás da rocha. O outro se engasgou, como se algo tivesse trancado sua respiração, e precisou mudar de posição para continuar a dormir. Tarcísio andava como a pisar em ovos, com a faca em mãos, e, quando estava bem perto, pisou em um galho que estalou não muito alto, porém o suficiente para o soldado abrir os olhos. Sem raciocinar direito, Tarcísio catou um rochedo no chão para acertar o homem enquanto se aproximava.

Quando Munício Caré fez menção de mover-se para, em um reflexo, colocar a mão na cintura, levou uma pedrada na altura da nuca. Ainda tentou levantar-se para repelir a agressão, porém perdeu o equilíbrio e caiu com as mãos no chão. Do golpe jorrou sangue, empapando os cabelos.

Meu marido segurou o outro pela melena negra e lisa e, sem pensar muito, passou a faca em sua garganta, abrindo um delicado talho de onde a vida se esvairia. Era a primeira vez que ele degolava um homem. Não foi tão difícil.

Virou o cadáver, buscou os valores que ele tinha na guaiaca, juntou as munições e restos de fumo e erva-mate. Segurou o rifle, fez mira, municiou. Encilhou o cavalo oveiro e seguiu rumo.

Estava de volta à ativa.

"Piraí, 15 de outubro de 1893.

(...) Ninguém mais do que eu reconhece e proclama os infinitos esforços de Vossa Excelência para libertar a nossa estremecida pátria do governo execrado e abominável que a oprime com mão de ferro (...) Depois do incidente que me obrigou a interromper o tratamento médico que necessitava, para recuperar um pouco minha saúde bastante alterada, transpus a linha divisória no dia 5 de agosto próximo findo, e logo foi meu empenho organizar uma 3ª Divisão que pudesse contrabalançar os elementos de luta que, com grande tenacidade, contra nós, acumulam os adversários. Com algum custo consegui, podendo hoje informar a Vossa Excelência, que ela já se compõe de mil e duzentos homens mais ou menos, em sua maioria desarmados. Se não fosse essa poderosa circunstância, já teria atacado a cidade de Bagé (...)"

Carta do General Joca Tavares
a Gaspar Silveira Martins.

14

CIDADE DE BAGÉ
MEADOS DE OUTUBRO A NOVEMBRO DE 1893

Com o olho que restou, Hermano López se enxergava no espelho. O homem agora era Capitão, promovido por bravura. Cada dia que passava, chegava mais perto de seus objetivos pessoais. Na verdade, para ele não era sacrifício cumprir as ordens de Júlio de Castilhos. Gostava de matar maragatos, de levar o horror para aquelas famílias e destruir as casas dos federalistas. Se ressentia apenas de não estar presente quando os inimigos encontrassem seus feitos, as famílias mortas, as mensagens nas paredes, quase sempre feitas de sangue.

Porém, também teve derrotas. De seu piquete, restavam apenas Amaro e Ruana.

Enquanto faziam guarda do lado de fora, na casa perto da Igreja da Matriz, o Capitão olhava a própria cara branca no espelho e passava a navalha nos pelos da barba, de um loiro claríssimo. Tinha deixado o cabelo lambido para trás. Soltou a navalha e passou os dedos nas marcas de sua cicatriz. Jogou água no rosto, secou com um pano encardido e colocou o tapa-olho na cara.

Ao erguer a vidraça em guilhotina de uma das janelas, viu que os pessegueiros do pátio já estavam floridos. Dos fundos, o cheiro enjoativo das flores anunciava a primavera.

Disse Amaro que nunca havia tirado uma lechiguana daquelas, e talvez fosse verdade. López tinha a mesma impressão; até nevou. Ruana jamais se queixou. A bugra era um tipo *muy* raro. López gostava dela.

Durante os piores meses do inverno, procuraram desertores pelo interior e continuaram a seguir as ordens de Júlio de Castilhos. Enquanto os federalistas estavam no Uruguai ou se aventurando em outros estados da federação, López teve um trabalho relativamente fácil. Eram treinamentos, vigiar as tropas para que não desertassem, nem espoliassem as casas e famílias legalistas de Bagé.

Agora não seria mais tão fácil.

Souberam que Joca Tavares queria tomar Bagé.

Gumercindo Saraiva continuava a guerrilha e pretendia avançar por Santa Catarina, Paraná e onde mais fosse possível.

Apesar do movimento das tropas — notícias esparsas sobre acontecimentos distantes —, a vida seguia quase normal para quem estivesse na cidade. A Divisão do Norte tomou Passo Fundo para os castilhistas. O Exército Nacional foi convocado para reprimir os rebeldes em Santa Catarina. Federalistas invadiram São Borja por San Tomé, na Argentina.

Enquanto isso, na fronteira com o Uruguai, o tempo era de espera.

Em dias ventosos, outubro foi soprado para longe, e novembro foi chegando. Enquanto os últimos ventos da primavera despiam as árvores, faziam com que portas e janelas batessem sem parar e traziam as notícias de que federalistas haviam chegado à Lapa e a Curitibanos.

Ainda souberam que Gumercindo Saraiva estaria voltando para o Sul com toda a sua corja de bandidos. *Que viessem! Aqui não tem covardes*, dizia López para quem quisesse escutar.

O Capitão não conseguiu sestear naquela tarde modorrenta de novembro. Estava ansioso, sentia que em breve teria peleia, mas não aguentava mais esperar. A rotina na cidade o enlouquecia. Levantou-se com o corpo suado, jogou talco no sovaco e vestiu as pilchas. Espiou o reflexo no espelho, a barba estava pinicando. Dessa vez faria no barbeiro; podia-se dar ao luxo de vez em quando.

Encilhou o cavalo, que estava à soga, e foi ao tranco, assobiando, no caminho das chinas, para fugir do marasmo da tarde grudenta.

15

ESTÂNCIA DO PIRAÍ, BAGÉ
MEADOS DE NOVEMBRO DE 1893

Depois do extenuante inverno, Tarcísio retornava. Antes mesmo de enxergar o acampamento, sentiu o cheiro da fumaça e soube que era de lenha verde misturada com o pingar da graxa, que chiava a cada gota que evaporava. Podia até ver as labaredas altas que sapecavam a carne da vaca, lambendo as fibras, os músculos, as pelancas, tostando a superfície, fazendo casca, deixando-a quase crua por dentro, enquanto mãos peludas, grossas e sujas disputam, com facas, nacos e lascas que iam se aprontando e eram consumidas sem cerimônia. Eram apenas guerreiros famintos, prontos para mais um dia de preparação para as batalhas. A boca de Tarcísio salivava, e ele apurava o passo, cutucando de leve, com as esporas, os flancos do cavalo oveiro.

Quando deixou Maria para trás, Tarcísio não precisou procurar muito para encontrar o rastro dos federalistas. Logo teve notícias das tropas no Piraí, na estância de Joaquim, o Barão de Santa Tecla, irmão e genro de Joca Tavares, preparando-se para grandes investidas. A vitória não tardaria.

Souberam que Isidoro dividiu os pica-paus em três grupos, distantes entre si uns vinte e cinco quilômetros: em Bagé, Carlos Telles protegia a cidade das investidas dos federalistas; no Quebracho Grande, Bentinho Gonçalves, filho do heroico militar farroupilha, ficava em posição de guarda para levar ajuda a qualquer destacamento que precisasse; e, por fim, com quase novecentos homens, o General Isidoro acampava nos arredores da Estação Férrea do Rio Negro, às margens do rio de mesmo nome.

Ao se aproximar, Tarcísio se identificou para as sentinelas e foi acompanhado até o comando militar. Confabulavam nas sombras de uma grande figueira, Joca e seus irmãos Zeca e Joaquim, Pina, Cabeda e Adão Latorre, que, ao reconhecer Tarcísio, sorriu, cofiando o cavanhaque branco e fazendo um sinal para que aguardasse por ali.

Escutou que um destacamento de federalistas havia sido liquidado durante a noite. Os federalistas vinham investindo em pequenas refregas, cercando e cercando os pica-paus, que resistiam, apesar de em número inferior.

— Os amigos têm razão — disse Tavares. — Não temos por que continuar nessa queda de braço estúpida. Eles são poucos e estão encurralados naquela estação. É chegada a hora! Vamos liquidar de uma vez por todas com esse falastrão do Isidoro e mostrar pra ele quem são as "chinas a cavalo" de que ele tanto fala.

— E o que diremos à tropa sobre os homens que mandamos espionar e não voltaram? — perguntou Pina.

— A verdade, oras: que foram todos degolados por aqueles animais castilhistas! Que a morte deles não tenha sido em vão, e que sirvam de ânimo para os próximos dias de batalha, pois não será fácil... Se me dão licença, senhores... — disse o velho General e se retirou para dentro das casas. Estava melhor do que da última vez que Tarcísio o viu. Ainda assim, a guerra era um fardo pesado para um homem daquela idade.

Adão Latorre levantou-se, pernas arqueadas, bombacha arremangada, e foi em direção a Tarcísio.

— Quem é vivo sempre aparece! — disse e estendeu a mão forte para o cumprimento. — *¿Cómo le va?*

— Passo bem, seu Adão...

— Major Adão! — disse, sério, mas riu em seguida. — Quem diria que um negro que nem eu seria Major... Que barbaridade!

— Decerto, é merecido, Major. Como vão as coisas por aqui?

— Como Deus quer. Mas está melhor que antes, o velho Tavares se curou das moléstias, o Gaspar mandou armas e munição... Estamos confiantes.

Antes de continuar, Adão limpou o pigarro da garganta e perguntou:

— Acertou as contas?

— Ainda não. E o senhor?

— *Yo tampoco*... Mas a guerra é longa, e a hora dos Pedroso vai chegar. Ah, vai...

— Que assim seja! Tenho certeza de que a cabeça do Hermano López será minha.

— Que tal um trago de canha, pra espantá o calor?

— Venho com sede.

Lado a lado, caminharam direto ao acampamento dos guerreiros, enquanto os demais oficiais foram para dentro das casas. O Major Adão Latorre era um líder nas batalhas, respeitado pelos patrões, porém sabia seu lugar na hierarquia daquelas gentes.

Algumas léguas adiante, protegidos pelas grossas paredes de tijolo da estação férrea, os oficiais castilhistas conferenciavam à luz de velas. Do lado de fora, um céu negro estrelado e sem nuvens e o silêncio atípico eram o prenúncio do que viria. A lua estava pintada de sangue. Naquela noite, nem as cigarras berravam, não se escutavam grilos nem gafanhotos, tampouco os sapos nas margens do Rio Negro, sequer se ouviam zunidos dos milhares de mosquitos que os atacavam sem piedade nas noites quentes.

Sentada em um canto, acocorada, Ruana tentava dormir; mais cedo, havia se incomodado com dois soldados que se passaram e acabaram feridos. Com receio, não conseguia pregar os olhos. Amaro dormia na rua, reclamando do calor e dizendo que se estava sufocando.

O Capitão Hermano López tentava convencer Isidoro a bater em retirada durante a noite, enquanto ainda era tempo.

— Senhor Marechal, não estou aqui para dar aula a militar, mas essa gente eu conheço bem e não temos como nos defender por aqui — disse López.

Ante a resistência de Isidoro, Antero Pedroso alertou:

— É impossível, mesmo bem-entrincheirados, contermos essa quantidade de gente, ainda mais que, segundo consta, receberam armas e munição...

— Qual nada, senhores! Sempre me falaram tanto da coragem das gentes daqui, e vocês querem fugir na primeira dificuldade... Tenho certeza de que nosso bem-treinado exército é capaz de resistir. Se necessário for, senhores, seremos Esparta nesta batalha, e teremos a glória ao final.

López encarou os irmãos Antero. *Esse homem deve estar ficando maluco*, pensou.

— Que sei eu de Esparta, Major. O senhor está falando com gente simples, mas que conhece a luta daqui — disse Maneco Pedroso. — *Muy bien.* O senhor vai nos sacrificar, esteja ciente. Mas continuaremos a combater do seu lado, para que ninguém ouse nos chamar de covardes.

— Eu jamais pensaria uma coisa dessas... — respondeu Isidoro e se retirou para tomar uma fresca do lado de fora da estação.

Maneco Pedroso se afastou dos oficiais, riscou um fósforo e acendeu o cachimbo que trazia sempre consigo. Os campos enluarados de vermelho entregavam contornos, sombras distantes, vultos que cortavam o horizonte. Mais cedo ou mais tarde, daquele mesmo horizonte surgiria uma linha de dentes afiados, brilhantes, de lanças inimigas. Maneco puxava a fumaça e era um ponto de luz no meio da escuridão. Não teriam como fugir.

— Este Isidoro é um grande filho de uma puta, isso sim.

16

ESTAÇÃO FERROVIÁRIA DE RIO NEGRO, BAGÉ
DE 26 A 28 DE NOVEMBRO DE 1893

DIAS ANTES, UMA PODEROSA COLUNA do General Joca Tavares, com mais de três mil almas, havia avançado em direção ao Rio Negro e encurralado os pica-paus, deixando-os presos no prédio da Estação Ferroviária.

Tarcísio carregava uma enorme canseira. Os olhos pesavam, ardiam, com gotas de suor a pingar nas vistas, mas ele mantinha o dedo sobre o gatilho. Prestava atenção aos movimentos, não permitiria que ninguém escapasse. A Estação lhe parecia um mausoléu; ele ria, imaginando colocar fogo no prédio com os pica-paus trancados dentro, gritando enquanto suas peles derretiam e eles se transformavam em pó.

Observou uma fresta se abrir, e, quando um homem colocou a fuça para fora, Tarcísio puxou o gatilho e fez fogo. Outros soldados fizeram o mesmo, esburacando a parede de tijolos. Uma nuvem de pó e fumaça cercou o prédio.

Sobre o cavalo, Joca Tavares observava a resposta dos adversários. Era uma reação tímida; pareciam estar poupando munição. O velho estava na linha de tiro, imponente, e se ele, um homem daquela idade, continuava ali no calor, sem se queixar, sem diminuir o ritmo, nenhum jovem teria a ousadia de reclamar.

— Já são cinco horas da tarde — o velho chamou Zeca e Pina para conferenciar — e não vamos gastar mais pólvora com esses pica-paus. Quero que homens de confiança vigiem a Estação durante toda a noite. Quem tentar fugir, tomar água ou qualquer coisa... Bala neles!

— Sim, senhor. E os corpos? — Pina quis saber.

— Deixemos lá, senhores. Estamos diante de um sítio; e o sítio vence quem tem a cabeça mais forte. Eles não poderão beber, terão que mijar e cagar nos próprios pés, e o cheiro dos mortos, pela manhã, vai começar a deixar a festa como eu quero. Talvez a gente nem precise gastar munição com esses porcos no chiqueiro.

Tarcísio permaneceu nas vigílias. Escutava algum disparo ao longe, porém não via nenhuma tentativa de fuga que o fizesse desperdiçar tiros. Uma coruja de imensos olhos amarelos pousou ao lado dele e, em seguida, partiu rumo à Estação.

O animal piou ao longe. Tarcísio o seguiu com os olhos e enxergou um homem de cócoras, indo para o rio, decerto com sede. Foi apenas o tempo de fazer mira e apertar o gatilho. O homem caiu morto.

Outra coruja voou direto ao telhado da Estação. A porta se abriu de forma abrupta, e um homem magro, pouco mais que um menino, correu para fora.

— Eu me entrego! — dizia em disparada.

Da porta aberta, dispararam-se alguns tiros na direção do desertor. No entanto, a bala que o derrubou partiu da arma de Tarcísio.

Mais uma coruja voou em direção à Estação. Ficou em estado de alerta. Quando se deu conta, outra e mais outra planavam em voos lentos e pousavam sobre a Estação Férrea, até que o telhado ficou tomado pelos animais agourentos dos mais diversos tamanhos e cores. Tarcísio olhava para os outros soldados, esperando alguma reação, mas apenas ele via.

A porta estava entreaberta. De dentro, apenas uma luz avermelhada de um velho candeeiro. Naquele momento de silêncio absoluto, um homem aproximou-se da porta, por dentro, e ficou parado alguns segundos encarando a noite, como a provocar os atiradores.

O homem parecia uma assombração, alvo como um corpo morto, cabelos sem tonalidade e apenas um olho na cara. Era ele. O assassino de Brida estava naquela Estação; e a vingança estava próxima.

Tarcísio fez mira e atirou.

As corujas levantaram voo, fazendo estardalhaço. O Capitão López apenas fechou a porta e se escondeu nas sombras.

Ainda de madrugada, Zeca Tavares distribuiu as tarefas aos comandados. Setenta homens tomaram o Passo Real, e um grupo ocupou a mangueira de pedra que ficava próxima à Estação. Mandou, ainda, que se postassem em todas as posições nas margens do rio, cercas, pequenos ranchos, sem deixar espaço para eventuais manobras de fuga.

Ao alvorecer, iniciou-se o tiroteio, acabando com as chances das forças do governo. O Marechal Isidoro levou um batalhão para a frente da Estação. Os homens tentaram se entrincheirar para devolver fogo aos maragatos, mas o plano não deu certo e houve várias baixas entre os pica-paus.

Ao meio-dia, o General Joca Tavares ordenou um pequeno intervalo.

— Eu não entendo... Por que esse irresponsável do Isidoro não levanta uma bandeira branca? Este massacre não é necessário. Eles não têm a menor chance — disse o velho líder, lascando uma carne assada.

— Esse senhor está acolherado com os Pedrosos... Gente em quem não podemos confiar... — retrucou Pina.

— Me parece que, em vez de esperarmos algum tipo de responsabilidade desses senhores, cabe a nós oferecermos uma rendição honrosa, sem maiores danos — complementou Zeca Tavares.

— Que se acabe logo com esta desgraça. Chama um dos homens para parlamentar com Isidoro.

Tarcísio aceitou com honra a função de levar a bandeira branca. Atou o pano branco perto da mira do rifle, que deixou engatilhado, pronto para eventual necessidade. Sentiu que alguém se aproximava, enquanto ele apertava a cincha.

— Presta atenção, gaúcho! Lá nas minhas bandas, dizem que não se anda na frente de boi aspado, atrás de pata de mula e do lado de prenda faceira que é certeza de sair pisado! — disse Adão Latorre aos risos, ante o nervosismo de Tarcísio. — Vai tranquilo, mas deixa esse dedo no gatilho, que os pica-pau são uns bicho traiçoeiro!

Quando estava a cem metros da Estação, a porta foi aberta; e um homem de chapelão, bigode e voz larga disparou com revólver na direção de Tarcísio e gritou:

— Enquanto houver um soldado do 28º Batalhão de Infantaria nesta Estação, ninguém se rende!

Outros balaços passaram raspando a cabeça de Tarcísio, que fez o cavalo dar um giro de patas e disparou para longe da linha de tiro. Joca Tavares via a cena incrédulo.

— Atenção, homens! Preparem as armas! Até que os pica-paus peçam arrego, não daremos mais nem um minuto de paz aos ordinários pelegos de Júlio de Castilhos! Qualquer movimento do lado de lá é para ser respondido com bala!

E assim se fez. Durante todo o dia 27 de novembro, o tiroteio não parou, com várias baixas no lado inimigo. Todos os locais estratégicos que eram dos governistas no começo da manhã, ao cair da tarde, já estavam nas mãos dos revolucionários.

As forças de Zeca Tavares ocuparam o Rio Negro, não permitindo que os sitiados utilizassem a água. Os homens que tentaram furar o cerco, movidos pelo desespero da sede, depois de horas de tiroteio, foram abatidos no caminho ou quando suas mãos já beijavam o rio.

A noite chegou com os soldados eufóricos, assando seus churrascos, disputando algumas cantorias. O violão era um bom parceiro. Os homens estavam cansados, porém com o moral elevado ante a vitória que se avizinhava.

Muitos permaneceram nas posições, para que os governistas não utilizassem o véu da noite para fugir ou para mandar algum emissário em busca de reforços. Sentinelas efetuaram disparos, e mais alguns pica-paus restaram caídos na busca por água. *Sede é coisa braba.*

Madrugada alta. Duzentos e tantos cavalarianos tentaram fugir por uma picada que existia nas proximidades. Zeca Tavares se adiantara e, no dia anterior, havia posicionado lanceiros prontos para uma emboscada. Alguns conseguiram retornar, mas a maioria dos fugitivos foi destroçada pelas certeiras lanças maragatas.

Tarcísio não conseguia dormir. Estava atirado sobre os pelegos, remexendo-se de um lado para outro, na busca de um sono impossível. Claro que não dormiria. Ali do outro lado, a menos de quinhentos metros, protegido pelas paredes grossas da Estação, estava o bandido López. Diziam que agora era Capitão. Entretanto, para ele, pouco importava, sempre seria apenas um assassino de mulheres, um covarde.

Sonhava todas as noites com a hora em que mataria aquele homem. Tinha vontade de lhe cortar o pescoço, mas não só; queria arrancar a cabeça, dar as tripas aos cachorros, cortar fora a orelha e usar em um colar, para que nunca se esquecesse do que aquele homem fez com ele. Tarcísio sabia que não existia outro caminho: cumpriria a promessa, a vingança, e então estaria pronto para o que o esperava. Não tinha mais serventia pra esse mundo.

Mal piscou e já abriu os olhos de novo, com o sol forte de novembro queimando a grama e encharcando as camisas. Não sabia se dormira ou se passara a noite inteira planejando a morte de López.

Dentro do prédio da Estação Férrea do Rio Negro, o calor era abismal. Os pica-paus eram reféns das próprias estratégias; estavam uns encostados nos outros, suados; alguns já variavam de sede e fome. Uma nuvem de vapor podre e bolorento tomava conta do lugar.

Ruana continuava sentada perto da porta dos fundos, onde uma brisa parecia entrar pelas frestas — mas talvez fosse só sua vontade: enfim, um pouco de ar fresco, longe daquele depósito de pobres bichos. Ela seguia firme, fazia força para aguentar. Porém, aquilo não era decente, não era o tipo de batalha que ela desejava. Estava presa, amontoada, como porco em um chiqueiro, no meio de gente desmaiada, alguns mortos, outros feridos, que se vomitavam uns por cima dos outros, naquele piso de merda pisoteada, encostada nas paredes, úmidas pela urina dos soldados. A mulher mal conseguia respirar sem sentir ânsias.

Amaro aproximou-se dela, tinha as bombachas sujas, o rosto sem cor.

— Não aguento mais, mulher.

— Calma, *che*. Logo mais chega reforço ou eles mandam a gente se entregar.

— Tenho sede.

— Todos temos.

— Ruana, presta atenção no que vou dizer: os chefes estão loucos...

A mulher segurou firme o olhar de Amaro, tentando encerrar o assunto.

— ... e eu não vou morrer de sede por teimosia de orgulhoso.

Amaro apertou de leve o ombro de Ruana e, após uma breve hesitação, abriu a porta lateral. Agachado, foi avançando e ganhando terreno. Tinha a boca salivando, adivinhando a recompensa, a água, precisava correr, o corpo não aceitava mais ficar preso. No silêncio da madrugada, o som do rio era uma constância. Amaro teve certeza de que os maragatos dormiam. Olhou para trás; Ruana o observava da porta entreaberta.

Um forte cheiro de pólvora fez arder o pulmão, enquanto Amaro desviava de corpos estirados, em posições nada naturais, braços deslocados, pernas decepadas, cabeças abertas. Ele conseguiria. O som da água corrente se fez mais próximo.

Amaro desesperou-se em direção ao rio. Sem cautela, correu até as margens. Ajoelhou-se, as mãos tremendo, e, em concha, buscou um pouco da água barrenta para matar a sede, até que escutou o estouro e sentiu um forte baque no peito. Antes que as mãos chegassem à boca, a água escapou pelos dedos, que tentaram conter o sangue que empapava a camisa. Ainda tentou se apoiar no espelho do rio, mergulhando o corpo morto na água.

Ao romper do dia 28, recomeçaram os combates. Os governistas mal respondiam às investidas. Com o moral baixo, pouca munição e várias perdas, era apenas questão de tempo até que fossem completamente aniquilados.

O General Joca Tavares ordenou que, se não houvesse rendição dos pica-paus até o meio-dia, os maragatos deveriam avançar até às últimas consequências, em carga e lança final, para que se acabasse de uma vez com aquela batalha.

— Eles já perderam — finalizou.

Ao meio-dia, o toque de clarim ordenou o cessar-fogo. Os soldados federalistas se deram ao luxo de carnear uma rês para um churrasco. Sabiam que comer e beber, frente aos famintos, poderia fazer com que se entregassem.

Foi quando surgiu, vindo da Estação, o sinal que todos esperavam: bandeira branca. Os homens do Marechal Isidoro saíram dos postos em fila, com as roupas imundas, fedendo como zorrilhos. Os irmãos Pedroso, o Capitão López e o próprio Isidoro foram os últimos a aparecer. Não baixavam a cabeça, apesar do orgulho ferido.

Os maragatos deram vivas, entusiasmados pela vitória. Abraçaram-se e atiraram-se ao chão para descansar. Do lado dos governistas, os sobreviventes entregaram as armas e, depois de autorizados e sob forte vigilância, correram em direção às águas para matar a sede. No caminho, desviavam dos cadáveres dos parceiros, inchados, cobertos de moscas, com a pele escurecendo a olhos vistos.

Os maragatos dividiram os prisioneiros em três grupos, sacando armas e munições, tudo confiscado para a causa federalista. Desses grupos, Zeca Tavares ficou responsável por trinta homens. Entre eles, estavam os irmãos Pedroso e seus agregados, a maioria castelhanos mercenários.

Ao longe, o General Tavares e o Marechal Isidoro negociavam os termos de uma rendição honrosa. Em seguida, o velho Tavares comunicou ao seu irmão:

— Garantimos vida e dignidade aos oficiais do 28º Batalhão de Infantaria.

— E quanto aos civis? — quis saber Zeca Tavares.

— Nada foi pedido.

Zeca Tavares pensou um segundo, as palavras trancaram na garganta, e ele desistiu de acrescentar o que havia pensado.

— O que foi?

— Qual o próximo passo de vocês?

— Vou tomar a cidade de Bagé.

— Eu fico com os civis.

— Pense bem no que vai fazer, meu irmão. Estamos nesta revolução por motivos maiores que nossas desavenças pessoais.

— O General confia no meu julgamento?

— Claro que sim.

— Então, fique tranquilo...

Mais tarde, os prisioneiros oficiais foram encaminhados de volta para dentro do prédio da Estação, depois que a peça foi lavada por voluntários. Já os feridos foram levados para tratamento, no hospital de guerra montado em um rancho nas proximidades.

Os prisioneiros civis foram encaminhados para a mangueira de pedra adjunta, onde os animais pernoitavam, quando necessário, antes de serem embarcados nos vagões do trem. Eram uns trinta homens, sujos, maltrapilhos, mas todos entesados como galos de rinha; não parecia que haviam acabado de perder uma batalha.

Sob forte guarda, os pica-paus aguardaram mais de hora, derretendo sob o relento do sol. Alguns já ousavam contar piadas, reclamavam por água, convidavam os maragatos para duelos pessoais. Os guardas apenas vigiavam.

Zeca Tavares e Adão Latorre se aproximaram da mangueira. Conversaram em voz baixa, apontando um e outro. Aos poucos, o burburinho entre os prisioneiros foi diminuindo, até que o silêncio venceu. Tavares encarou Latorre, e eles apertaram as mãos um do outro, selando a decisão.

O patrão se afastou, tomou o rumo da Estação, e o capataz Major iniciou os preparativos para o serviço da madrugada seguinte: apenas mais uma ordem a ser cumprida; ele era tão somente a mão de confiança dos líderes da revolução.

Cedo da manhã, Latorre abriu a cancela do mangueirão de pedra e trouxe consigo dois jovens soldados. Um deles trazia nas mãos uma pedra do rio, porosa, perfeita para amolar a faca. Do lado de fora, homens com espingardas garantiam a segurança dos maragatos.

— *Buenas*, senhores. Me chamo Adão Latorre e estou aqui para cumprir as ordens dos nossos generais. Quem é da reza, que reze, porque hoje *ustedes* vão conhecer o nosso Criador.

Alguns muxoxos e reclamações começaram a surgir. Indiferente, Adão Latorre sentou-se sobre uma grande pedra moura e passou a afiar a faca de prata que usava na guaiaca. Os prisioneiros escutavam o som do aço deslizando na pedra e do assobio de Latorre. A melodia era conhecida, resto de algum baile, porém ele não sabia dizer de onde a havia tirado.

Adão Latorre se levantou e caminhou entre os prisioneiros. A ordem do dia era complicada. Cofiou o cavanhaque branco, nervoso. Apertou os olhos miúdos, vermelhos. Limpou um pigarro da garganta, escarrou na frente de um homem. Lá estava ele: com o tradicional chapelão, as bombachas bem-cortadas, sujas de merda seca, desarmado, mas ainda com pose — o bandido.

— Senhor Maneco Pedroso, pode me acompanhar... Vamos começar com o senhor, para dar o exemplo. Já vou aproveitar que temos contas pra acertar... — disse e deu as costas para o homem, que foi empurrado pelos dois ajudantes.

— Que barbaridade é essa que vosmecê quer fazer? Não sabe que o Isidoro se rendeu, garantindo nossas vidas?

— Só a dos milicos, patrão. Só a dos milicos.

Adão era um homem frio, acostumado à lida bruta do campo, das guerras, mas lutava para transparecer tranquilidade.

— Adão, me diga: quanto vale a vida de um homem valente e de bem? — era a tentativa final de Maneco.

— Valente, sim. De bem, não sei — ele respondeu e, após um breve silêncio, completou: — A vida de um homem de verdade vale muito, mas a tua não vale nada e está no fio da minha faca.

Adão Latorre falou sem alterar o tom de voz. Olhou para os assistentes e fez o sinal para que pusessem o homem de joelhos.

— Tenho direito a um último pedido?

— Pois diga.

O homem desamarrou o lenço carijó, de um xadrez miúdo em fundo branco, respeito ao luto de sua esposa, e enrolou com ele a aliança e o relógio de bolso.

— Entreguem para minha filha.

Adão guardou os pertences no bolso.

— Serão entregues, ou não me chamo Adão Latorre.

Ajoelhado, com as mãos para trás, Maneco Pedroso firmou o olhar com Adão, para não demonstrar medo frente a seus homens. O maragato mordeu a isca e não deixaria por menos. Adão estapeou o chapelão do outro, que caiu na polvadeira da mangueira.

— Pra onde o amigo vai, não carece chegar de chapéu.

— Pois então faz teu dever e degola, negro filho de uma puta! — disse e levantou o queixo, mostrando a todos que não se entregaria, nem na hora da morte.

Adão Latorre teria sua vingança, enfim. Mal pude conter o sorriso quando vi que ele riscou o pescoço do homem com a faca de prata, muito parecida com a do meu filho. Abriu um lindo rasgo, de orelha a orelha, e deixou que o Pedroso se livrasse dos algozes e desse mais alguns passos, antes de cair estrebuchado no chão.

— *A la maula!* Tinha que ter trazido meu tirador... — Adão Latorre levou um esguicho de sangue nas bombachas e sentiu falta do apetrecho utilizado nas castrações.

Os ajudantes deram risada, mas os outros prisioneiros ficaram mudos. Um a um, foram derrubados pela faca afiada de Adão Latorre. O chão da mangueira virou um lodaçal de barro ensanguentado. Moscas varejeiras apareceram conforme o sol foi subindo. Os abutres sobrevoavam, dando rasantes por todas as partes. Os cadáveres serviam de banquete.

Perto do local, havia uma lagoa, e Adão mandou que os homens carregassem os mortos para aqueles lados e os jogassem na água — que desaparecessem com aquela gente de perto dele.

O velho caminhou sozinho em direção oposta à Estação, longe da mortandade, longe dos generais. Queria ficar sozinho e pitar, sem pensar em nada. Estava com o braço dolorido e sujo de sangue seco.

Encontrou Tarcísio, bebendo e mirando longe. Percebeu que ele não estava bem.

— Que passou, amigo? — perguntou Adão.

Tarcísio lhe ofereceu um trago de cachaça. Aceitou com gratidão.

— Ele escapou de novo. Tão perto... e não consegui minha vingança.

— Como ele escapou?

— Ele é oficial. Ficou na Estação durante a noite. Quando fui catar ele hoje de manhã, já não estava por lá. Fugiu. Diz que se foi com o outro Pedroso.

— A hora deles vai chegar. Tenho certeza disso.

Não falaram mais nada. Apenas fumaram palheiros, beberam e esperaram o dia infernal acabar.

"Nossa gloriosa revolução acaba de cobrir-se de louros imarcescíveis. No dia 26 atacamos as forças inimigas, superiores a oitocentos homens entrincheirados na Estação do Rio Negro. Dia 27 grande combate. A 28 renderam-se prisioneiros Marechal Isidoro, seu estado maior e toda sua oficialidade. Pedroso com toda sua patriotada, Brigada Lupi e Corpo Transporte destroçados (...) Detalhes mais tarde. Bagé sitiada por mil e quinhentos homens. Por esta esplêndida vitória, o Exército Libertador felicita a Vossa Excelência entusiasticamente."

Trecho de telegrama do General Joca Tavares
a Gaspar Silveira Martins,
29 de novembro de 1893

17

INTERLÚDIO III

ERA UMA VEZ UM *GRINGO VIEJO*, pessimista, misantropo e niilista, mas, acima de tudo, inquieto. Ambrose Gwinnett Bierce nasceu no condado de Meigs, em Ohio, nos Estados Unidos da América. Era o filho mais jovem de um rancheiro excêntrico e, afeito às letras, tornou-se escritor.

Pouco depois de estourar a Guerra Civil, apresentou-se no 9º Corpo de Voluntários de Indiana e lutou em diversas batalhas, defendendo a União e os nortistas. Após sofrer um grave ferimento, deixou o exército com o título de Major, uma distinção que jamais escondia.

Bierce passou a menosprezar a guerra e duvidar de seus líderes, pelo menos na sua retórica; escreveu para vários jornais sobre as revoluções nos continentes americanos, sempre tecendo inúmeras críticas e duvidando das razões oficiais apresentadas. Nunca foi um jornalista sutil, não se preocupava com as críticas, por isso a tinta de sua caneta não perdoava. Era um tiro certeiro. Para ele, o patriota era o trouxa dos estadistas e a ferramenta dos conquistadores; acreditava que a paz era um período de trapaças entre uma guerra e outra.

Ainda diziam à boca pequena que Bierce era alcoólatra e que sofria de fortes delírios quando passava muitos dias sem beber. Era um *bon vivant*, conquistador compulsivo, e tinha uma enorme fila de filhos bastardos e de amantes. Na verdade, exceto a estas, ele não fazia muita questão da companhia de gente. Preferia os animais.

Trabalhou para o jornal *The Tribune*, de São Francisco, nos Estados Unidos e, como correspondente, para o *La Prensa*, de Buenos Aires, na Argentina. Nesse período, o escritor teve conhecimento da revolução que acontecia no Sul do Brasil. Soube da violência que se alastrava por essas bandas, das vendetas pessoais e das degolas, e partiu para ver, com os próprios olhos, a barbárie.

Viajou em barcos e em diligências puxadas por cavalos, experiência que descreveu em artigos como uma tortura física e mental. Mas um objetivo maior o motivava: entrevistaria os líderes da revolução, Gaspar Silveira Martins e Joca Tavares, e o presidente do Estado, Júlio de Castilhos. Queria saber o que pensavam os caudilhos sul-americanos.

Espantou-se com a desolação do pampa, com o analfabetismo das gentes e com a pobreza de todos. Até mesmo os afortunados não tinham adornos, luxos, comodidades. Era uma vida horrível para um homem civilizado como ele.

Ficou chocado quando descobriu que qualquer bandoleiro, contrabandista ou índio vago podia roubar uma mulher, em qualquer rancho, levando-a consigo na garupa do cavalo. Eram meninas que haviam sido abusadas por patrões ou parentes e sem muitas oportunidades. Aceitavam fugir, mesmo sabendo que seriam apenas *chinas* de estrada.

Bierce ouviu políticos e intelectuais utilizarem os termos gaúcho e *gaucho* como sinônimo de bárbaros, primitivos que viviam apenas para satisfazer seus apetites mais ancestrais. Porém, em sua estadia pelo Rio Grande e pela região do Prata, mais de uma vez viu homens se autodenominarem gaúchos, indicando que a palavra já estava sofrendo uma adaptação, pelo menos entre as vítimas dos falatórios e das agressões. Afinal, a linguagem é um animal vivo, que sabe se defender.

Depois que conheceu as vendas de campanha, teve a certeza de que o povo do Sul não sabia se divertir. Diferentemente dos *saloons* do oeste norte-americano, repletos de mulheres e música, os bolichos eram lugares tristes, com atendentes desconfiados e sem permissão para a presença de mulheres — algo que para ele não fazia sentido. Para que, afinal, homens se reuniriam se não fosse para beber e flertar com belas moças?

Escreveu que os gaúchos se expressavam com linguagem contida, reservada, até mesmo cortês, e que, à primeira vista, pareciam *gentlemen,* exibindo o garbo dos cavaleiros. Mas ao vê-los em batalha e ao acompanhar a frieza com que matavam uns aos outros, passou a temer aquela gente.

Disse, ainda, que, assim como seus pares caubóis, os gaúchos tinham pouco apreço pela vida humana, fosse a dos oponentes, fosse a deles mesmos.

Frente a esse mundo novo, o homem anotava e guardava informações para matérias, contos. Refletia e rabiscava observações e críticas e dedicava especial atenção às mortes, ao número de gente abatida, à violência e ao estrago naquelas batalhas de poucas armas de fogo e muitas facas, lanças e outras armas brancas.

Era uma vez um *gringo viejo.*

18

DE BUENOS AIRES ATÉ MONTEVIDÉU
29 E 30 DE NOVEMBRO DE 1893

Ambrose Bierce estava trabalhando como correspondente do jornal norte-americano *The Tribune* já fazia algum tempo. Aproveitava as horas de *siesta* em um bordel que ficava próximo ao quarto que alugava. Era notório esse hábito, e por isso não foi difícil para o menino de recados encontrar o gringo quando chegou um telegrama urgente.

"Massacre no Rio Grande. Centenas de mortos. Encontrar o cônsul americano em Montevidéu e escrever matéria sobre isso."

Ambrose acompanhava a revolução a distância, mas sempre com curiosidade; havia participado de uma guerra civil e tinha certa fixação sobre como as histórias se repetiam, sobre como os interesses pessoais e econômicos ficavam escondidos por detrás de frases e lemas falaciosos.

Toda a guerra era por poder. Quem tinha queria mais e quem não tinha pretendia obter. Assim que recebeu o recado, despediu-se de Antonieta, *la mejor dama de Buenos Aires*, e embarcou no primeiro vapor para a capital do Uruguai.

Montevidéu encantou os olhos do gringo. Era uma cidade bonita, planejada, arquitetura ao estilo europeu, com ares de civilização, algo que não esperava encontrar naquele ponto do mundo.

William Preller, cônsul dos Estados Unidos no Rio Grande do Sul, o aguardava na embaixada uruguaia. Era um homem polido, ruivo, vestia ternos grandes demais para o corpo magro.

— Então, senhor cônsul, está sabendo o que aconteceu?

— As notícias ainda são desencontradas, mas, ao que tudo indica, as forças revolucionárias impuseram uma grande derrota ao presidente do Rio Grande do Sul. Algo em torno de mil presos, dizem. E desses, uns trezentos teriam sido degolados.

— Trezentos? — disse Bierce.

— É o que se está comentando.

— Parece um pequeno exagero. Preciso averiguar. Diga-me, com sinceridade: essa guerra tem algum motivo obscuro, além da questão política?

— Dizem que eles gostariam do retorno da monarquia, o que não me parece verdade. Mas está claro que não se faz uma guerra apenas para discutir qual é a melhor forma de governo, como os federalistas insistem.

— E tem alguma suspeita?

— O presidente Júlio de Castilhos é um *comtista*, ele está em busca de modernizar, de revolucionar o Estado do Rio Grande do Sul...

— Parece que eu já ouvi essa história antes.

— Sim. As histórias sempre se repetem. Esse bárbaro gaúcho, homem selvagem, sem conhecimento, oriundo das misturas de raças surgidas no pampa, esse parasita, como dizem na capital, deve ser exterminado. Júlio de Castilhos quer civilizar o Rio Grande do Sul e precisa acabar com esses selvagens, vadios. E pra fazer isso, precisa acabar com seus caudilhos também.

— E esses defendem o quê?

— A manutenção de seu modo de vida, suas liberdades. Como qualquer povo, aliás.

— Liberdade é um valor que eu respeito e estimo.

— Os produtores não querem ser taxados na comercialização entre fronteiras, e por isso contrabandeiam gado e produtos em geral. A maioria da fronteira é seca, e quando o Estado quer se meter na fonte de renda de um povo, sempre há guerra.

Bierce caminhava pela sala, tinha sede. Estava muito quente. O clima não preocupava tanto quanto sua asma, mas as roupas civilizadas não combinavam com o verão tropical que fazia por aquelas bandas. Tinha a camisa ensopada.

— O amigo precisará de uma condução para a cidade de Bagé e de armas para se defender, afinal, ali é uma zona de conflito. Aliás, está familiarizado com armas?

— Eu sou Major da reserva na América. Servi ao nosso país na Guerra da Secessão, lutando pelo Norte. Então sim.

Depois de bater continência constrangido, o cônsul acompanhou Bierce até o arsenal para que ele escolhesse as armas. Partiu para o Rio Grande do Sul de posse de um revólver *Colt .45 de* ação simples e um rifle *Winchester* do mesmo calibre.

19

TRINCHEIRAS GOVERNISTAS DE BAGÉ
3 DE DEZEMBRO DE 1893

As forças do General Joca Tavares cercaram a cidade de Bagé. Desde o dia 29 de novembro, ninguém entrava e ninguém saía. Os governistas se reuniram próximos à Igreja da Matriz e montaram trincheiras e barricadas para manter ao menos aquela parte da cidade. Desde então, as trocas de tiros eram constantes. A Catedral e as casas ao lado já estavam com incontáveis marcas de bala nas paredes.

As famílias se amontoavam pelos corredores da igreja, pelas casas da região, porém os problemas já começavam a aparecer. Comida e água eram bens escassos, e Carlos Telles havia determinado um forte racionamento, pois não sabiam quanto tempo o sítio duraria. Telles não estava disposto a se entregar. O ocorrido no Rio Negro já se espalhara, e os pica-paus acusavam os maragatos de uma degola de mais de trezentas cabeças, levando pânico às gentes.

A cidade era defendida com uma força de mil soldados. Os bageenses resistiam, mas tinham medo. Gente comum se juntava aos soldados para defender a cidade.

O Capitão López estava acamado; tinha febre e muita dor. Pegou uma peste durante o cerco e sofria de diarreia forte. Ruana cuidava do chefe na casa da viúva Ana Collares, que perdeu o marido ainda jovem na Guerra do Paraguai, enterrado em alguma vala comum como indigente — era o que ela dizia quando perguntavam.

A mulher já havia passado dos cinquenta anos, porém ainda era forte, robusta, tinha poucas rugas no rosto e apenas algumas mechas brancas nos cabelos em trança. Sua casa havia virado uma pequena enfermaria, e ela ajudava nos primeiros-socorros.

Era madrugada alta, e Ruana estava passando um pano molhado na testa de López quando foi interrompida pela viúva.

— Vamos tomar um café, menina?

— Quem fica com eles?

— Eles não vão a lugar nenhum.

Foram para a cozinha, se sentaram nas cadeiras de espaldar de palha e tomaram um café passado pela mulher.

— Quando será que acaba esse cerco? — perguntou a viúva, para acabar com o silêncio.

— *No sé*, mas não é pra logo. Os maragatos vêm forte, não conseguimos mandar ninguém pra pedir socorro, as linhas dos telégrafos estão cortadas. Acho que viraremos o ano aqui...

— Não teremos comida e nem água se isso acontecer.

— A guerra não se importa com esses detalhes...

— Por que uma moça está na linha de frente?

— Porque eu não sou uma moça, dona Ana. Sou filha de um índio vago com uma china qualquer, sem eira nem beira. Se não estivesse peleando, ou já estava morta, ou já estava embuchada, de um soldado chinfrim ou de um estancieiro casado. Prefiro brigar.

— Vosmecê tem razão, minha filha. Do lado de cá, nunca pude escolher. Tive pai, mãe, marido, tive uma filha que morreu e tenho um filho nas trincheiras. Mas decidir, mesmo, nunca decidi foi nada. De todo modo, sempre fui muito indecisa...

A viúva levantou os ombros e ambas riram, cada uma com as próprias desgraças.

A porta da frente foi aberta. Soldados entraram pisando forte no assoalho de madeira, ao que a viúva gritou pedindo silêncio. Largaram um homem ferido em uma das macas improvisadas e foram até o encontro das duas.

— Perdão, senhora... Acho melhor correrem...

A viúva foi até o quarto e engoliu em seco. Ruana reparou que as mãos da mulher, sempre firmes, tremiam, e fez sinal para que os soldados fossem embora. O homem estava estirado na maca, segurando o buraco na barriga, de onde escapava um sangue escuro e viscoso. A viúva examinou o ferimento e soube que ele não tinha salvação.

— Me traz um pano limpo, faz favor — ela ordenou. Ruana desapareceu nas sombras em direção à cozinha.

Ana segurou as mãos do homem e rezou um pai-nosso. Em seguida, fechou os olhos mortos e ficou observando o corpo. Ruana voltou e entregou o trapo para a mulher que ia limpar o rosto sujo, mas se conteve.

— Menina, pode me ajudar aqui? — pediu a viúva e andou em direção ao quarto dela.

Ruana foi atrás e ajudou a mulher a colocar um vestido negro. Ana pediu que Ruana ajudasse com o fecho das costas.

— A senhora conhecia o morto?

— É meu filho.

Ruana a abraçou, um pouco sem jeito. Não era acostumada a demonstrar afeto. A viúva se recompôs e pediu ajuda para preparar o corpo. O menino não seria enterrado em uma vala comum.

20

ESTAÇÃO FERROVIÁRIA DO RIO NEGRO, BAGÉ
14 DE DEZEMBRO DE 1893

Depois de uma viagem acidentada e esgotante, Ambrose Bierce chegou ao Rio Negro para analisar, com os próprios olhos, a fantástica história que vinha se espalhando.

O escritor norte-americano encontrou um povoado destruído pelos combates. Só restavam o prédio tradicional das estações férreas e meia dúzia de ranchos pobres. Bierce aproximou-se montado a cavalo, a passos lentos. O animal estava aflito, com as ventas dilatadas; o cheiro de carniça fazia com que o bicho tentasse disparar. Como era um bom cavaleiro, o gringo conteve à força do braço o animal e chamou a atenção dos soldados que mateavam na frente do rancho de que ele se aproximava. Os gaúchos respeitavam um homem *bem de a cavalo*.

— Boas tardes, senhores. Sou jornalista. Podemos conversar? — perguntou em seu estranho portunhol, apeando do cavalo e indo em direção aos homens.

O cheiro era insuportável. Ele se perguntava como aguentavam. Quando estava perto o suficiente, viu que os soldados eram pouco mais que uns maltrapilhos, sujos, ensanguentados e piolhentos. Junto deles, havia algumas mulheres, imundas da mesma forma, sebentas, com unhas lascadas.

Um vento seco se levantou do chão, parecendo um sopro do inferno.

— Quem é o líder de vocês?

Os soldados ignoravam as perguntas do visitante. Alguns jogavam dados, outros trovavam e riam com as chinas. Da minúscula porta do rancho, saiu um homenzarrão gordo, sem camisa e suando em bicas. O homem coçou o peito de grandes tetas e olhou para o visitante com fúria. Parecia recém ter acordado da *siesta*, com o olho pequeno e cheio de ramelas.

— O que está procurando por aqui? — atirou as palavras.

— Sou jornalista.

O soldado entrou no rancho e voltou segurando

duas canecas de café fumegante. Pediu que outro soldado buscasse mais água na lagoa. Alcançou uma caneca para Bierce.

— E o que um jornalista faz por estas bandas?

— Estou escrevendo sobre o massacre — respondeu ele. Tomou um gole do café e notou um gosto estranho, porém conteve o refluxo. *O pó do café deve estar estragado.*

— Que massacre?

— Os trezentos degolados.

Após alguns segundos de silêncio, o soldado perguntou de onde ele havia tirado aquela história.

— A notícia chegou até mesmo aos Estados Unidos.

— Pois fica sabendo que isso é mentira.

— Então não houve degola?

— Pois houve. Mas só de uma meia dúzia de bandido. Pode procurar aí pela volta, ainda não enterramos os corpos.

O jornalista não ficou satisfeito com a resposta; não acreditava no soldado. Estranhou não terem indagado mais sobre o que ele sabia. Por certo, tentavam enganá-lo. Estava prestes a sair quando resolveu fazer uma última pergunta para o sujeito.

— Por que vocês lutam?

— Porque é bom lutar, moço — disse ele, sorrindo pela primeira vez.

— É bom?

— É bom matar pica-pau. As mulheres gostam.

O homem deu uma risada de deboche e virou as costas de pelos negros para Bierce. Antes de entrar no rancho, voltou a olhar para o estrangeiro, estudando as feições daquele sujeito intrometido.

— Vosmecê ande logo com essas pesquisa, *gringo viejo*, que se eu te encontrar bisbilhotando nosso regimento de novo, serão trezentos e um degolados!

Os soldados riram, e Ambrose Bierce tratou de ir atrás de pistas.

Contei duas dezenas de cadáveres de homens degolados e duas mulheres mortas a tiros. Alguns cadáveres apodrecem, com cavalos destripados, sob o sol abrasador. Outros são comidos por bandos de cães e corvos. Vi alguns crânios dispersos pela terra. Todos os cadáveres, ou o que resta deles, estão nus, pois os soldados costumam despir os mortos, a fim de vestir ou vender suas roupas, mesmo ensanguentadas.

Um vento seco levanta poeira, mas não consegue dissipar o fedor que flutua em toda parte, impregnando pessoas e coisas. Tudo tresanda a morte e podridão, provocando uma náusea desesperadora. A custo reprimo a vontade de vomitar. Não se pode entender por que não enterraram esses cadáveres.

Ambrose Bierce escreveu algumas linhas em um bloco de notas assim que se afastou da Estação Férrea e encontrou a mangueira de pedra. O curral, que já havia servido de contenção para muitas tropas antes que elas embarcassem no trem rumo ao saladeiro, estava repleto de corvos e moscas. Uma lufada de vento forte trouxe, ainda mais pesado, o cheiro nauseabundo que tomava conta do lugar.

Havia uma espantosa quantidade de sangue seco nas proximidades da porteira, grossas camadas de sangue ressequido nas pedras e nas madeiras. *Deve ter sido ali que aqueles homens foram degolados.*

Ambrose foi estapeado pelo cheiro de podre que vinha de ainda mais longe. O vento balançava uma mata fechada que escondia uma pequena trilha. Cautelosamente, o gringo caminhou naquela direção, desviando de corpos mortos por balaços, inchados, destripados por animais que ele nem imaginava. Cada vez mais corpos apareciam: alguns mortos em combate de arma branca, outros por tiros, porém esses mantinham os pescoços intactos, reparou.

Atravessou o corredor de mato e encontrou uma lagoa de águas turvas, calmas. Algumas garças olharam curiosas para ele; lebres correram ao pressentir a presença humana. A lagoa estava coalhada de corpos deformados boiando na mansidão da água parada. Era de lá, afinal, o fedor que impregnava todo o local.

Escutou à sua esquerda um barulho no mato. Um soldado se aproximou da margem com um balde de madeira e o encheu de água podre. O homem não percebeu que era observado. Dessa vez, Ambrose Bierce nem tentou segurar e vomitou até sentir gosto de bile.

O gringo nunca mais tomaria café.

Ambrose Bierce cavalgou até um bolicho, distante um quilômetro e meio do Rio Negro. Era um prédio pequeno com uma ramada do lado de fora, onde alguns sujeitos mal-encarados tomavam cachaça. Mais distantes, alguns peões proseavam na sombra de um paraíso. Protegido atrás de uma grade de ferro, o dono do estabelecimento, um judeu de meia-idade, mirava o forasteiro com olhar de poucos amigos.

Depois que o gringo consumiu um trago de canha, o judeu soltou a língua.

— Claro que ouvi falar das degolas, sim, senhor. Sabe como é, *gringo viejo*, por aqui passa gente de todo tipo, e a gente escuta todas as novidades.

— Por acaso saberia me dizer quantos foram?

— Sei que foram muitos. Andam dizendo por aí que o negro Latorre degolou sozinho uns trezentos prisioneiros.

— Acha que é verdade?

— E eu sei lá! Mas que trezentos é um número bonito, é. Mentira ou verdade, vale a pena repetir.

— Será que o Major Latorre recebeu ordens do General Joca Tavares para executar o massacre?

O judeu deu uma gargalhada e falou baixo:

— Adão Latorre faria algo sem a ordem do General? Só peço ao amigo que não comente com ninguém que eu le contei, até porque comércio não tem partido, e não quero perder a freguesia — O homem encerrou o assunto e foi fritar uma linguiça na cozinha, a pedido do forasteiro.

Mais tarde, Bierce subiu no cavalo e rumbeou para Bagé. O General Joca Tavares sitiava a cidade com uma força superior a três mil homens.

21

CERCO REVOLUCIONÁRIO EM BAGÉ
19 DE DEZEMBRO DE 1893

Meu Tarcísio e Adão Latorre cavalgavam lado a lado. Em um silêncio quebrado apenas por pigarros e sopros de fumaça, os dois mastigavam os próprios pensamentos no ritmo do tranco dos animais, que resistiam bravamente ao calor de dezembro, com lombos suados, músculos dormentes e cabeças pesadas.

Voltavam depois de cumprir uma incumbência dolorosa. Enquanto em Bagé as armas não cessavam de disparar, com os maragatos sitiando o município, os dois viajaram até a cidade de Piratini para uma missão fúnebre: cumprir o último pedido de Maneco Pedroso.

O trajeto foi tranquilo, mas lento por causa do calor, com longos descansos quando o sol estava forte. Aproveitavam para adiar quanto fosse possível o encontro com a família dos Pedroso, já que ainda estavam em guerra e tinham as feridas abertas. Latorre decidiu entregar logo os pertences. Ele não deixaria essa tarefa para outra pessoa. Precisava garantir que a menina recebesse os bens do pai. Era questão de honra.

Quando chegaram à frente das casas, portando uma bandeira branca, foram recebidos com desconfiança. Uma idosa perguntou o que eles queriam.

— Viemos em paz. Estamos cumprindo um pedido do senhor Maneco Pedroso.

Ao ouvir o nome do pai, uma menina apareceu, cabelos presos em coque, rosto anguloso, feições pálidas de tísica.

— Vosmecês têm algum recado pra mim?

— A senhorita é a Adelaide Pedroso? — perguntou Adão.

— Sim, senhor. O que meu pai pediu para vocês?

A menina saiu para o lado de fora, no parapeito da casa, e observou os dois desconhecidos. Adão Latorre desmontou do cavalo, após a permissão da velha. Tirou o chapéu e entregou à menina o lenço do pai dela, que protegia o anel de ouro e o relógio. Eram os bens que haviam ficado de herança.

— Por que meu pai mandou essas coisas?

Adão tentou achar as palavras certas, mas a senhora entendeu tudo antes que ele conseguisse.

— Passa pra dentro, Adelaide, que eu vou ter um dedo de prosa com esses senhores.

A menina encheu os olhos de lágrimas e se perdeu nas sombras do casarão.

A imagem daquele rosto magro e frágil, com olheiras profundas, não saía da cabeça de Tarcísio, nem mesmo agora que se aproximavam de Bagé. Já era possível escutar a troca de tiros, as explosões de canhões legalistas, gritos de homens em êxtase.

— Parece que o baile está animado — disse Latorre.

— Pensei que a essas alturas Bagé seria nossa.

— Aquela gente lá de dentro só usa um lenço de outra cor, mas são índios feitos do mesmo barro que *nosotros*. Não vão se entregar assim *no más*.

Adivinhando o descanso, os cavalos apertaram o passo.

Os dois soldados se aproximaram dos federalistas. Os revolucionários tomaram todos os arrabaldes do município, e também o Mercado Público, o Teatro 28 de Setembro e a Beneficência Italiana. Além disso, comércios e chácaras nas proximidades foram ocupados e tiveram confiscados os gêneros alimentícios.

Os cavalos pisavam o chão duro e seco do final da primavera ventosa; os pastos amarelentos estalavam a cada passo. Bem-montado, Tarcísio cumprimentava, com acenos de cabeça, companheiros de batalhas. O cenário era de devastação. As ruas estavam imundas, dejetos de animais espalhados pelo calçamento, homens que cagavam fora das latrinas e mijavam em qualquer parede. Quanto mais se aproximavam do local de resistência, pior ficava. As casas estavam salpicadas de tiros de bala, e algumas haviam sido destruídas por balaços de canhão.

Era certo que, com um ataque mais forte, certeiro,

os cinco mil federalistas conquistariam Bagé. Alguns líderes clamavam por esse passo mais assertivo. O Coronel Thomaz Mercio Pereira, representando seus subordinados, insistiu pela força total. Porém, o General Joca Tavares não consentiu, em hipótese alguma, em alcançar a vitória por meio de atos de selvageria. Ele confiava no plano de sitiar a cidade e deixar que a fome e a sede fizessem o trabalho sujo.

— Penso que a estratégia do General é correta no sentido humanista, meu amigo Joca. Porém, militarmente, se não tivermos coragem de dar esse passo, corremos o risco de que todo o sacrifício seja em vão. Podemos começar a sofrer com deserções se não fizermos alguma coisa.

— O Coronel tem toda razão no quesito militar, mas é meu nome que constará na assinatura de uma eventual autorização. Não vou entrar para a história como o general que incendiou Bagé. Nesse caso, ganharíamos o combate, mas a guerra estaria perdida.

Durante alguns dias, ninguém ousou propor mais nada. No entanto, o anseio dos soldados era palpável. Alguém tinha que alertar o general.

Ainda no dia anterior, Zeca Tavares apresentou mais uma ideia ousada.

— Meu irmão, veja bem: podemos lançar uma tropa de bois ou uma manada de éguas nas ruas que desembocam nas trincheiras; atrás desses animais, iríamos nós. Os castilhistas não teriam como resistir.

A opção por uma cena heroica que entraria para a História balançou o general. Apesar disso, na mesma noite, o líder sentenciou:

— Nada feito. Não vou permitir mais mortes desnecessárias na nossa própria casa. Vamos aguardar.

Tarcísio e Adão Latorre desmontaram perto do casarão requisitado, que servia de comando militar naquele acampamento. O homem de confiança dos Tavares precisava ter um dedo de prosa com o general, mas teria que aguardar do lado de fora. O general estava conversando com um gringo esquisito, segundo o sentinela.

Ambrose Bierce foi recebido pelo líder militar dos revolucionários, porém não sem certa resistência. Tavares já estava ciente das campanhas difamatórias que os jornais faziam sobre o movimento, utilizando como fonte primária as notícias falsas escritas pelo próprio Júlio de Castilhos.

— Sente-se, senhor Bierce. Estranho muito o fato de um gringo como *usted* estar interessado nas nossas políticas. Não há bandalheira o suficiente nos Estados Unidos, é isso?

Bierce estava sendo testado pelo general, mas também era um soldado e sabia como funcionava o xadrez dos homens com poder. Bateu uma leve continência e sorriu.

— *Major* Bierce. Sou um militar, como o senhor. Defendi a legalidade no meu país de origem, na selvagem guerra civil que enfrentamos, e por isso a cobertura deste tipo de movimento armado me interessa muito. Mas não estamos aqui reunidos para falar de mim, não é mesmo, General?

— Claro que não, Major. Fico mais tranquilo ao saber que meu torturador é um irmão de armas — sorriu e gritou para que um criado trouxesse um mate.

Bierce observava e guardava de cabeça as características daquele senhor corpulento, meia-altura, velho, mas ainda vigoroso. Notou que o homem tinha um olhar tranquilo, sequer reagindo aos inúmeros estrondos de explosões do lado de fora. Reparou, ainda, que a pálpebra do olho esquerdo do general estava caída, talvez por causa do cansaço.

Um rapazote entregou uma cuia fumegante para Joca Tavares, que sorveu o mate e, após o primeiro gole, se atirou em uma grande poltrona. Sorriu para o gringo, encarquilhando o rosto.

— *Pues diga lá* — ordenou o general.

Na conversa, ficou sabendo que, aos dezessete anos, Joca fugiu de casa para combater ao lado dos imperiais contra os Farrapos, na revolução que pretendeu separar o Rio Grande do Sul do resto do Brasil, entre 1835 e 1845. Nessa oportunidade, esteve envolvido na Batalha do Seival, perdida pelos imperiais, quando ficou prisioneiro dos homens de Antônio de Souza Netto.

João da Silva Tavares, pai de Joca, era compadre de Bento Gonçalves da Silva, líder dos rebeldes, e, em razão desse laço de amizade, Netto libertou Joca e mandou que ele voltasse para casa. *Que esperasse sua vez de pelear*, teria dito o general farroupilha.

Ele esperou. E, quando chegou sua vez, peleou. Entre outras escaramuças, participou de um levante para derrubar o governo do Uruguai; já na Guerra do Paraguai, onde teve grande atuação, acabou ganhando a patente de Brigadeiro e o título real de Barão.

— Não pretendemos restaurar a monarquia, não, senhor. O que a gente pretende, isso sim, é a modificação da Constituição, pois com ela Castilhos criou uma ditadura que o perpetua no poder.

— E sobre o massacre do Rio Negro?

Joca Tavares chupou o mate até roncar e serviu mais uma cuia. Pensou com calma antes de responder, algo que aprendeu muito novo. Olhou firme para os olhos do interlocutor:

— Não sabia que o amigo se interessava por este tema, mas é bom que conversemos sobre ele. Anote aí: não existiu nenhum massacre. Estamos em guerra. Mortes acontecem.

— Trezentos prisioneiros degolados é um número normal em uma guerra limpa?

— Isso é mentira, uma ficção criada por aquele folhetim castilhista. Houve degolas? Sim. O número eu não sei, já não estava mais lá. Mas apenas uma meia dúzia de bandidos foram sentenciados à morte pela nossa corte marcial...

— Sei...

— E quero que o senhor pesquise, fora daquele jornaleco, sobre as centenas de prisões ilegais, mortes por tiro ou degola e perseguições feitas por asseclas castilhistas desde o golpe — disse, com o dedo em riste. — Apenas no segundo semestre do ano passado, mais de cem pessoas foram assassinadas no interior do Estado. Esses, sim: em sua maioria, degolados.

O gringo escutava sem reagir, o que fez o general se perguntar se ele já sabia daqueles fatos ou se os escutava pela primeira vez.

— Sem falar dos inúmeros roubos, estupros e assassinatos de civis e familiares de inimigos. Não te esquece de escrever a ordem máxima do nosso ditador: que não se poupem nem os bens e nem a família dos inimigos.

Joca Tavares falava com as veias explodindo o pescoço. Abriu o colarinho da camisa e se levantou para buscar ar fresco na janela. Foi quando enxergou Adão Latorre e Tarcísio postados na frente do casarão.

Ante o silêncio do gringo, Tavares direcionou o olhar para o jornalista e atirou as palavras como se disparasse um revólver:

— Esses fatos, o senhor não investigou, não é mesmo?

— Garanto que o *The Tribune* publicará suas considerações, general.

Joca Tavares encerrou a entrevista, pois tinha assuntos mais urgentes para resolver. Havia uma guerra lá fora. Acompanhou Bierce até a calçada e apresentou a ele Adão Latorre e Tarcísio. Fez questão de acrescentar que Adão era um soldado exemplar e de extrema confiança.

Cumprimentaram-se, e Tarcísio não gostou do aperto de mão mole e macio, ensebado; desconfiava de quem não tivesse um aperto firme, como um palanque de cabrestear potro. O jornalista se afastou, com o olhar dos três queimando suas costas. Não veriam mais o *gringo viejo* pelas bandas de Bagé. Ele continuaria suas entrevistas em outras freguesias.

— Amigo Adão, aquele assunto do Rio Negro vai nos fazer pagar uma conta *muy* alta...

— Apenas se a gente perder a guerra, patrão, mas isso não vai acontecer.

Joca Tavares levantou as sobrancelhas ainda pretas e deixou que o ar escapasse pelo nariz, um gesto que aprendera com os cavalos. O general entrou na casa, seguido por Adão Latorre.

Tarcísio ficou sozinho do lado de fora e saiu para caminhar pelas ruas desertas de Bagé. Desceu a rua Sete de Setembro em direção ao Mercado Público. Riscou um fósforo, acendeu um pito e pensou na gente. Eu podia sentir, mas não aparecer. Precisava guardar minhas forças.

No escuro da noite, Tarcísio apenas escutava o ressonar de cavaleiros descansando, o crepitar de algum fogo de acampamento, o violão e a gaita daqueles para quem tudo é festa, os gemidos e sussurros de amantes escondidos pelas sombras. Ele inspirava a fumaça e pensava em vingança e apenas isso. Sabia que teria seu prêmio, afinal.

O sangue de López ainda escorreria pelo fio de sua faca.

22

TRINCHEIRAS GOVERNISTAS DE BAGÉ
24 DE DEZEMBRO DE 1893

Quase um mês se passou, faltavam alimentos, água, itens básicos de saúde. O General Carlos Telles havia decretado racionamento máximo, mas os dias passavam e a tão esperada ajuda não chegava.

A Praça da Matriz seguia cercada, mas Telles organizou uma boa defesa, espalhando trincheiras por todos os lados, bolsas de lã para conter os disparos, canhões e forte guarnição na Panela do Candal. Uma área de quase mil metros quadrados era o reduto governista em Bagé.

Dentro da Matriz, o doutor Líbio Vinhas fazia o que podia para salvar os feridos, porém os recursos eram escassos. Muitos cadáveres vinham sendo enterrados no terreno adjacente à própria igreja, já que o acesso ao cemitério estava bloqueado.

As hostilidades continuavam de forma incessante desde o princípio, apenas com períodos de descanso à noite. A artilharia troava sem parar, e tropas maragatas tentavam invadir o reduto, mas eram repelidas por homens dispostos a morrer pela causa castilhista. Não deixariam que a cidade caísse nas mãos dos revolucionários.

Depois de vários dias de batalhas, Joca Tavares ordenou um cinturão de ferro e fogo nos sitiados. A ideia era trazer o inferno à terra, onde, durante mais de vinte e quatro horas, só se ouviu o estampido dos tiros de guerra, da metralha e dos canhões.

A cidade não se entregou. Na noite anterior, o General Joca Tavares, munido de uma bandeira branca, se aproximou das trincheiras. Vinha montado no cavalo tordilho. Pediu parlamento com o General Carlos Telles.

O castilhista encilhou seu oveiro-negro, o único cavalo que restava aos sitiados — pois os demais serviram de alimento à tropa — e foi se encontrar com o adversário.

— Venho em paz, meu irmão. Em nome dos oficiais federalistas, viemos le propor rendição total e com garantia de vida a todos, sem distinções.

— Igual a como foi no Rio Negro, general?

— Sabes bem que a história não é como estão pintando...

— Amigo Joca: vocês é que devem depor as armas, porque são vocês que estão fora da lei. Mas fique tranquilo: garanto anistia a todos. Anistia de verdade.

Naquele momento, o velho general maragato entendeu que o cerco só poderia terminar com tragédia. Bagé não se entregaria.

— Se é do teu interesse continuar com essa loucura e matar tua gente de fome, que assim seja. Mas formalizemos um armistício até depois de amanhã. Deixemos que os homens descansem, ao menos no Natal.

De cima dos cavalos, os oficiais selaram o compromisso e cada um voltou para seu reduto.

Junto dos primeiros raios de sol que iluminaram as torres da Catedral de São Sebastião, um soldado maragato mirou o rifle e, como fazia cada dia desde que entraram na cidade, disparou um balaço no sino da igreja, estourando o ouvido de todos, em uma espécie de bom dia sádico. O tiro sempre era respondido pela sentinela da torre, que nunca conseguia acertar o famoso atirador. Na manhã do dia 25 de dezembro, o atirador errou a mira e acertou o relógio, que ficaria para sempre marcando a hora daquela manhã de 1893.

Capitão López escutou o estampido matinal e deu graças a Deus pelo homem errar o sino. Aquilo lhe infernizava os tímpanos. Ele já estava de alta médica. Defendia a cidade de Bagé junto aos homens da Panela do Candal. Mas estava incomodado. Aquela não era sua luta; ele estava na guerra para buscar poder, dinheiro, e não para participar de uma disputa entre famílias rivais sobre a posse de uma cidade. Ele sabia que, no fundo, os Tavares queriam Bagé, e que Carlos Telles não estava disposto a entregá-la.

E nessa disputa insana, López já havia se alimentado de carne de cavalo, cachorro e até mesmo ratão. Água era apenas um caldo barrento do arroio que cruzava a cidade, porém nem isso era fácil de conseguir, pois se gastava muita munição dando cobertura aos homens que iam com pipas buscar o que beber.

Precisava furar o cerco e voltar para a linha de frente das batalhas, encontrar as gentes da Divisão do Norte, remontar uma equipe.

Era isso que ele iria fazer. Iria embora.

Corria à boca pequena que o Capitão Bentinho, filho do famoso General dos Farrapos, programava uma fuga para o Uruguai. Estava ferido e precisava se recompor antes de seguir nas batalhas. Na verdade, também demonstrava incômodo com aquele maldito cerco, com a fome e com todas as privações. Os gaúchos eram homens de luta em campo aberto, e não daquela tortura de ficar esperando e esperando nas trincheiras.

Enquanto isso, saindo da casa da viúva, Ruana assimilou a triste visão da imensa igreja agora destruída. Depois de quase um mês de artilharia pesada, não restava palmo sem marca de bala. Apenas a imagem da santinha entre as duas torres, como por milagre, permanecia intocada.

Durante aquelas semanas presa em Bagé, Ruana se dedicou a ajudar o Doutor Líbio Vinhas, responsável pelo hospital de guerra, nos cuidados aos feridos, fosse na casa de sangue da Matriz, fosse na enfermaria da dona Ana, onde continuava a pernoitar.

Naquele dia, a manhã e a tarde passaram sonolentas. Não havia comida. As comemorações de Natal aconteceram nos próprios acampamentos, com bolachas duras, chimarrão, algum pedaço de carne prestes a estragar. Não se achavam nem ratos para alentar o desejo por algum bicho. Mesmo com a decretação de um breve armistício, todos seguiam a postos. Não poderiam dar um centímetro de brecha aos maragatos.

Ruana estava cansada do cerco, da guerra, daquelas gentes.

O manto negro da noite demorou para se acomodar nas casas. Ali onde montavam guarda, na Panela do Candal, podiam observar parte da cidade. Também escutavam o zunido de milhares de moscas, mutucas e libélulas que chegavam com o calor. Soldados se estapeavam a si mesmos, tentando livrar os braços da picada dos mosquitos.

— Ruanita, vem cá — disse López. Ele estava sentado ao lado de um canhão, tomando uma canha, que trazia escondida em um cantil militar. Ofereceu a ela, e ela aceitou.

— Fale, patrão.

— *Tengo algo para vos* — Ele lhe entregou um embrulho improvisado. — Feliz Natal, mulher. Mostrasse mais coragem que todos os meus soldados.

Ela resiste em aceitar o presente.

— Vamos. Abra!

Ruana abriu o embrulho e encontrou uma medalha militar. Era condecoração de Tenente de López, que hoje a repassava para Ruana.

— Tenente Ruana. Agora estás até com medalha de milico. Merecido.

Sem muito costume, Ruana abraçou o chefe e agradeceu.

— Presta atenção. Conversei com Bento Gonçalves Filho, e hoje ele vai furar o cerco e partir pro Uruguai. Eu pretendo aproveitar e ir pro norte, buscar a ação e continuar os serviços encomendados por Júlio de Castilhos. Preciso remontar nosso regimento, e ainda conto contigo. Te despede da viúva e à meia-noite me encontra ao lado do cemitério.

Ruana não via a hora de sair daquele inferno e disse que estava à disposição.

Assim que escureceu, Ruana encerrou o turno como soldado e foi para a casa de Ana Collares ajudar com os feridos. Sorridente, o Capitão López aproximou-se dela.

— Não te atrasa, porque eles não vão nos esperar.

— Nunca me atrasei, patrão. E essa alegria toda? O que vai fazer até a hora combinada?

— Vou encontrar minha china, acertar meus débitos com a casa, porque só Deus sabe quando verei mulher de novo. Não me leva a mal, Ruana — disse e riu para a mulher.

— Pra essas diversão eu não sirvo mesmo, patrão. Onde se ganha *plata* não se come o pão, já dizia a finada minha mãe.

Ruana subiu a lombada até a Igreja Matriz, fez o sinal da cruz, mais por costume do que por devoção, e dobrou à esquerda, em direção à casa da mulher. Estava angustiada, a pálpebra direita latejando. Estava próxima da viúva, talvez uma das primeiras amigas que fez na vida. A despedida seria dolorosa, porém necessária.

Quando atravessou o umbral da porta, apenas algumas velas iluminavam a sala, gemidos vinham do quarto dos doentes. A cadeira de balanço estava vazia. Ruana arrepiou-se. A viúva sempre ficava por ali naquela hora. Escutou uma conversa baixa vindo da cozinha, e, sem saber por quê, desembainhou a faca e avançou de forma silenciosa, antevendo o perigo.

Ruana caminhava sem fazer barulho, como se sobrevoasse o assoalho, e encontrou dona Ana resistindo à investida de um soldado pica-pau. O homem, ainda jovem, desabotoava a camisa e pedia à viúva que ficasse quietinha, que ela gostaria.

— Por favor, moço. Não me lastima...

— Calma, dona Ana. Faz mais de mês que não tenho mulher. E eu noto como a senhora me olha. Eu sei o que tu quer. Não precisa fazer esse jogo comigo...

Dona Ana se levantou e tentou escapar do canto onde estava encurralada, no entanto foi impossível. O soldado a jogou no chão duro e mandou que ela calasse a boca se não quisesse morrer. Ruava estava escondida nas sombras, mas quando viu a violência, saltou para cima do homem, com toda ânsia de um combate de guerra.

O homem ainda estava machucado e perdeu o equilíbrio. Ele riu.

— Calma, moça. Tem pra ti também...

Ele tentou levantar, a perna fraca depois de tantos dias acamado, porém Ruana não perdeu tempo. Deu um tapa no rosto do homem, que caiu de joelhos.

— Pra ter pra mim, o moço tinha que estar vivo ainda...

O soldado olhou para a guerreira, e, antes que pudesse falar qualquer coisa, ela enfiou a faca em seu peito. O homem caiu com os olhos ainda abertos. A viúva tremia, caída no chão. Ruana ajudou a mulher a se sentar na cadeira e lhe serviu um copo de água.

— Nunca tinha passado por algo assim... — disse Ana. — Pensei que os castilhistas eram homens de bem.

— São homens. E homens fazem coisas de homens, não importa a cor do lenço — respondeu Ruana.

Enquanto a viúva se recuperava, Ruana pensou em sua mãe, abandonada com ela na barriga; pensou em quando foi estuprada, ainda menina, por um estancieiro qualquer, depois entregue a troco de nada para um andarilho pobre; depois pensou nas vezes que a obrigaram a vender o corpo, nas vezes que apanhou, antes de aprender a se defender. De novo, o bafo quente, o suor encardido de dezenas de machos, o sarro do fumo, os arrotos de cachaça e carne gorda, a pressa animal com que quase todos se satisfaziam e iam embora, às vezes deixando algumas moedas e outras vezes um filho na barriga. Lembrou-se dos chás e das benzeduras para fazer os bebês não vingarem, lembrou-se da sangueira dos abortos, dos corpinhos deformados que ela jogava fora, em qualquer arroio, sem remorso. Sentiu o calor do sangue daquele primeiro homem que ela matou, a euforia do poder, de dar cabo à vida de outra pessoa, da descoberta de que ela não precisava se sujeitar a ninguém. Nunca mais.

Ruana entendeu naquele momento que não acompanharia López em sua nova busca. Enquanto a guerra fosse assunto de homens, e enquanto os homens continuassem fazendo as merdas que homens sempre faziam, Ruana se manteria longe.

Dona Ana terminava de tomar o copo de água quando Ruana segurou as mãos da viúva e disse:

— Vamos embora desse cerco? Não temos mais nada para fazer aqui.

— Vai desertar, menina?

— Essa é uma guerra de gente louca. Pra mim chega...

A viúva ficou com os olhos úmidos. Não podia ir embora, abandonar sua gente, seu nome. As amarras invisíveis dos costumes ainda prendiam as mãos de Ana Collares. Ruana se aproximou e deu um abraço nela. Foi arrumar as trouxas para seguir viagem.

Ruana aproveitou o poncho negro da noite e se embrenhou nas sombras das ruas. Parecia um fantasma; ninguém reparava em sua presença. Caminhou até os lados do cemitério; não viu nenhuma sentinela e avançou em direção aos cerros que circundavam a cidade.

Baixou as abas do sombreiro e ainda olhou uma última vez para a cidade de Bagé, antes de ir embora para nunca mais voltar.

O Capitão Hermano López estranhou a ausência de Ruana no ponto de encontro para a fuga. Pediu que esperassem mais alguns minutos, mas a tolerância de Bento Gonçalves Filho foi mínima. Assim, o grupo de seis soldados furou o cerco e começou a contornar a cidade pelas vielas abandonadas dos arrabaldes.

O Capitão parecia preocupado. Suspeitava da morte de Ruana. Era a única explicação para que ela faltasse ao compromisso. Maldizia aquela cidade que havia liquidado com todo o seu regimento, desde o Rio Negro até o sítio feito pelos maragatos.

Caminhavam de forma constante, sentindo dores nas pernas fracas, nos corpos magros, depois de tantos dias de sofrimento. Eram homens acostumados ao lombo dos cavalos, às cargas de cavalaria, porém não gostavam de ter que fugir a pé, com os estômagos recolhidos de fome.

— Alto lá! — disse uma sentinela, engatilhando o rifle. Em questão de segundos, o grupo de pica-paus estava cercado por maragatos bem-armados.

López coçou a pele costurada embaixo do tapa-olho. Ainda pensou em resistir, mas não tinha forças, e a tentativa gerou apenas uma coronhada na nuca. Quando recobrou os sentidos, estavam sendo carregados em uma velha carroça de fruteiros, ainda com cheiro de tomates velhos, restos de alface e outras hortaliças amassadas no chão. Observou que Bentinho conversava com um dos homens, negociando uma rendição, tentando salvar a pele de todos. Não podia acreditar que haviam caído prisioneiros daqueles maragatos degoladores. Teve a certeza de que seria o fim.

Adentraram a Sete de Setembro puxados pela carroça e pararam na frente do casarão que servia como Quartel-General dos revolucionários. Os prisioneiros seriam entregues ao General Joca Tavares.

O velho foi chamado e saiu para o lado de fora, segurando um candeeiro na mão. Tinha o rosto inchado e remelento, a barba desgrenhada, e estava com o dólmã militar jogado por cima da camiseta e da ceroula branca.

— Aqui estão os prisioneiros, general. O que fazemos com eles?

— Por que não os levaram direto para o alojamento?

— O líder deles disse que era seu amigo e pediu para falar com o senhor.

— Quem vocês prenderam, afinal?

Bento Gonçalves da Silva Filho se levantou e se atirou para fora da carroça. O General Joca Tavares demorou alguns segundos para reconhecer o outro, ante sua magreza. Estava descontente com os rumos da revolução, não gostou de ver aquele homem respeitável, filho do grande herói farroupilha, naquele estado. Suas famílias eram amigas de longa data. *Essa revolução precisa acabar, e logo.*

— Bentinho, o que aconteceu?

— Vamos de mal a pior, Joca. Carlos Telles não vai se entregar, e este cerco maldito vai matar todo mundo de fome.

— Vosmecê sabe que já tentamos a rendição, e que garantimos a vida de todos, não é mesmo?

— Sabemos. Mas aquele homem é implacável. Se ele disse que não vai se entregar, nem adianta. Eu fui ferido, estou cansado. Não tenho medo da luta, mas isto é desumano. Prefiro ser preso a ficar esperando como china de campanha...

— *Muy bien.* Qual era a ideia quando vocês saíram?

— Tentávamos ir para a estância e aguardaríamos a volta das batalhas campais.

— *Pues háganlo.* Não posso manter prisioneiro o filho de Bento Gonçalves... Agora estamos quites.

— Um Tavares não esquece suas dívidas, não é mesmo?

— Se eu estou vivo, é porque nossos pais eram compadres e o Netto me libertou.

— E meus homens?

— Vão contigo. Mas te arranca daqui antes que me dê problemas. *Adiós.*

O general se afastou para pedir que os homens escoltassem os prisioneiros até São Martim, providenciando-lhes bons cavalos e um pouco de comida, para não dizerem que os maragatos eram animais selvagens.

Quando ficaram sozinhos, López se despediu de Bento e dos outros, e foi na direção oposta. Encontraria os homens de Júlio de Castilhos, se incorporaria na Divisão do Norte e se aproximaria dos irmãos José Gomes e Salvador Pinheiro Machado. Trabalharia próximo do Coronel Firmino de Paula.

Era assim que alcançaria seus objetivos na batalha. Precisava estar próximo das gentes importantes.

23

CERCO REVOLUCIONÁRIO EM BAGÉ
5 DE JANEIRO DE 1894

O SOL QUEIMAVA A PELE DOS SOLDADOS. O meu Tarcísio havia pedido dispensa ao General Joca Tavares, mas o velho disse que não liberaria ninguém enquanto a cidade estivesse sob cerco. Tarcísio queria se encontrar com as tropas de Gumercindo Saraiva. Teve um sonho e, nesse sonho, enxergou Gumercindo e López juntos. Era um sinal.

Tarcísio escutava a artilharia pesada dos homens na linha de frente, mas os canhões governistas não permitiam o avanço dos maragatos. Soube que no dia anterior Carlos Telles havia tomado uma decisão heroica, mas que devia ter sido muito dolorida.

Diziam que, na tarde anterior, o líder da resistência pica-pau sacrificou seu tordilho negro, cavalo de várias batalhas, para alimentar os soldados que ainda resistiam ao cerco. O homem teria ido sozinho às cocheiras para sacrificar o animal, rezando que a morte do cavalo companheiro lhe desse mais alguns dias, enquanto o socorro não chegava.

Mal sabia ele que a Divisão do Sul se aproximava a galope.

O General Joca Tavares foi informado de que o socorro aos castilhistas estava próximo. Era um grande contingente, bem armado. O Coronel Sampaio estava à frente do pelotão e prometia uma chuva de balas sobre os maragatos.

Perto das oito horas da noite, o general conclamou a presença dos outros líderes e explicou a situação.

— O Coronel Sampaio se aproxima para resgatar Bagé. Precisamos promover o ataque final, ou sofreremos sérios riscos de uma derrota vergonhosa. Hoje invadiremos a praça pelo Noroeste.

— Como faremos isso, general? — perguntou Tarcísio, na linha de frente dos homens que escutavam o discurso.

— Para não sermos descobertos, iremos por dentro das casas. Entraremos na casa da esquina e avançaremos derrubando paredes, com o silêncio que for possível. Depois da última casa, estaremos dentro das trincheiras legalistas.

Os homens aplaudiram.

— Conta comigo! — disse um.

— Estamos prontos, general — completou Tarcísio.

Protegidos pelas fachadas das casas, armados de picaretas e toras de madeira, centenas de maragatos, em revezamento, começaram a demolir as paredes das residências da Rua Sete de Setembro, formando um grande túnel de guerra. Planejavam invadir o espaço legalista pela casa da esquina com a Rua Doutor Veríssimo e entrar em combate corpo a corpo com os pica-paus. Confiavam na capacidade do ataque-surpresa; tomariam os canhões e derrotariam Bagé.

O General Joca Tavares mandou que os combatentes ao redor da praça intensificassem a artilharia, o que provocaria a resposta dos canhões de Carlos Telles. Assim, o ruído das paredes derrubadas não seria notado pelos pica-paus.

Tarcísio batia na parede sem cessar. Estava encharcado de suor, porém não parava, precisava avançar. Tinha raiva dos pica-paus. Queria a cabeça de Carlos Telles na ponta de uma lança. Não aguentava mais o cerco, queria ir embora e não podia, por causa da resistência inútil daquele homem.

Quando parou e tentou respirar, no meio do pó e dos escombros, escutou o estouro de uma explosão e foi jogado para longe. Escutava um zunido no ouvido e não conseguia entender o que acontecia. Homens começaram a cair ao seu lado.

Os legalistas haviam descoberto a manobra dos maragatos e decidiram fazer a mesma coisa, em vez de aguardar. Derrubaram as paredes das duas primeiras casas e bombardearam o túnel maragato com canhões e metralhadoras. Muitos homens caíram mortos.

Tarcísio se atirou enlouquecido para o combate. Deu tiros, desembainhou a espada e avançou. Entraria naquele espaço, custasse o que custasse. Tentava avançar, mas as casas estavam atulhadas de pedras e tijolos, destroços e gente morta. Atrás da poeira, podia enxergar a claridade da rua. Conseguiria entrar no terreno inimigo de uma vez por todas.

Escutou o corneteiro. Toque de retirada.

Tarcísio ficou parado alguns segundos e se virou para a direção de onde tinha vindo. Tentou correr; no entanto, os corpos atirados no chão atrapalhavam. Tropeçou, levantou-se e seguiu.

Haviam sido massacrados. Era inacreditável.

Do lado de fora, podiam escutar vivas, salvas de tiros, a comemoração dos pica-paus. Mesmo com fome, com sede, e quase sem forças, não haviam se entregado.

Bagé ainda resistia.

Ante a proximidade do Coronel Sampaio, as forças maragatas levantaram o cerco e deixaram a cidade para os castilhistas. Foi impossível vencê-los no cansaço.

Meu marido foi liberado para seguir seu caminho. Deixou Bagé para trás. Não gostou da cidade, daquela gente que não se entregara. Haviam atrasado o nosso destino. Mas agora isso não importava mais. Ele encontraria Gumercindo Saraiva. Encontraria Hermano López. Não pôde conter o sorriso no rosto quando pegou a estrada.

Finalmente, pensei. Eu sabia que ele não me deixaria sem a minha vingança. Naquele momento, sentimos uma excitação, como se estivéssemos juntos outra vez. Ninguém podia com a gente.

"Vosso heroísmo e vossa guarnição provocaram entusiasmo e admiração de todos os republicanos e os justos aplausos nacionais, pela impertérrita e prodigiosa resistência que opusestes aos sanguinários inimigos da República durante prolongado sítio.

Abraço-vos jubilosamente e aos vossos comandados."

Telegrama de Júlio de Castilhos
ao Coronel Carlos Telles
14 de janeiro de 1894

24

INTERLÚDIO IV

Os campos daquele verão ficaram dourados, o verde sumiu, as chuvas rarearam, e os arroios e as sangas secaram, restando fios de água corrente e pequenos poços de água suja. As sangas eram puro barro seco e rachado, o campo arado era um funeral de sementes. A guerra se arrastava, em um jogo de estratégias e pequenas vinganças pessoais.

Entre chasques e mensageiros, ouviam-se comentários das grandes façanhas de Gumercindo Saraiva em sua marcha pelo país. Tarcísio coletava informações e pretendia encontrar, muito em breve, seu chefe militar, mesmo que tivesse que subir por Santa Catarina ou pelo Paraná, onde diziam que o homem estava.

Em meados de março, Tarcísio incorporou-se às tropas do Coronel Ubaldino Machado, mantendo-se seguro enquanto avançava ao encontro de Saraiva. Eram quase quinhentos soldados. Ouviu que os maragatos de Gumercindo estariam retornando ao Sul, perseguidos pelas colunas da Divisão do Norte nas proximidades de Passo Fundo.

Tarcísio e os homens de Ubaldino levavam muitos animais, arrebanhados na região de Santo Ângelo. Parte desses animais era propriedade do Coronel Firmino de Paula.

Já em abril, o Coronel Ubaldino sentou acampamento em um capão de mato chamado de Boi Preto. Era um lugar protegido entre coxilhas, com boa sombra e boa aguada, ideal para o descanso. Precisava que os homens recuperassem as forças, enquanto ele matutava outros planos.

— Vigiem a cavalhada enquanto eu estiver fora. Preciso de sentinelas nas coxilhas. Estamos em território inimigo. Eu irei a Palmeira das Missões para resolver assuntos pessoais. Dois vão comigo; vou mandar um presente para vocês.

O Coronel Ubaldino havia ido à cidade para participar de uma corrida de cavalos; era viciado em apostas, e acontecia um grande desafio por aquelas bandas. Na tardezinha, os dois soldados voltaram para o acampamento com uma carroça cheia de mulheres, bebidas e um gaiteiro da cidade.

Fez-se o baile.

Meu Tarcísio estava aflito. Pitava um cigarro atrás do outro, tinha um mau pressentimento. Eu podia sentir os pensamentos se alojando em sua mente: ele não via mais sentido na vida, pensava em se matar. Mais de uma vez, pegou a faca e experimentou no pulso, perto das veias; porém, nas primeiras gotas de sangue, se lembrava da promessa e desistia. Mal sabia ele que eu jamais permitiria. Sem resolver nossas pendências, ele continuaria vivo.

Eu assoprava em seu ouvido que ele não podia ir embora sem ao menos tentar acabar com a vida do Capitão López, e ele cedia.

— Por que tu não aparece, meu amor? — ele falou baixo. Aproximei-me e prometi que conseguiríamos aquela morte para ter paz.

A lua seguia sua jornada pela noite, as horas passavam correndo. Tarcísio já não escutava mais a gaita, nem as cantorias ou os gritos, apenas aqui ou acolá os gemidos de alguma mulher servindo a um soldado. O acampamento, enfim, dormia. Mas pros lados do nascente, o negro do céu já se fazia vinho, e a madrugada vinha empurrando a noite.

Tarcísio não estava com sono. Decidiu render a sentinela e dizer ao homem que descansasse. Enquanto caminhava até lá, tinha a impressão de escutar os passos ritmados de um cachorro no seu costado. Podia até sentir a respiração do cusco azulego.

Ele se aproximou do homem que estava deitado, imóvel sob um poncho. Sentiu os pelos do braço ficarem eriçados, escutou algum animal disparando nas sombras, se atirou no chão e se arrastou até a sentinela. Quando puxou o homem pelo ombro, ficou com as mãos ensopadas de sangue. Degolado.

Um galo cantou em alguma estância próxima. Amanheceria em breve. Tarcísio correu para avisar os outros. O estrondo de um balaço em sua direção serviu de alerta, e ele não teve receio de gritar.

— Pica-paus! Estamos sendo atacados! Às armas!

Soldados acordaram no susto, empunharam revólveres e espadas e saíram a correr atarantados. Alguns foram pegos de calças ainda arriadas, e as mulheres correram para se esconder.

Estavam cercados. Não tinham nenhuma chance. Sem a presença do Coronel Ubaldino, resolveram logo hastear a bandeira branca e negociar suas vidas. Soou a trombeta de cessar-fogo.

Montado em um cavalo zaino, apareceu a figura do Coronel Firmino de Paula. Bem-vestido em roupas militares, barba penteada, desfilava em seu animal na frente dos homens rendidos, encarando os prisioneiros um a um.

— Parece que fizeram um baile com meu gaiteiro, se serviram das minhas mulheres e se alimentaram da minha carne. Sem me convidar! Muito bem... — disse, em tom ameaçador. — Onde está o Coronel Ubaldino? Foi ferido?

— Está na cidade, general. Esperávamos a chegada dele — respondeu um soldado qualquer.

— Só que fui eu quem chegou. Fiquem todos em forma, um ao lado do outro. Quem quiser bandear para nosso lado terá anistia total. Os demais serão nossos prisioneiros.

Os maragatos se aproximaram, constrangidos, e ficaram em posição de amostra, como se fossem cavalos vendidos em rodeio, escolhidos pelo olho de um comprador exigente. Um soldado pica-pau trouxe um grande saco de estopa e o largou nos pés do coronel. Alguns tentos de couro cru caíram para fora.

— Pode amarrar as mãos de todos eles. Nas costas.

Três pica-paus ficaram responsáveis pelo serviço.

O Coronel Firmino, botas lustradas, marcadas pelo suor do zaino, caminhou de forma afetada na frente da fila de prisioneiros. Ele disse que havia salvação para alguns deles, que até poderiam ser incorporados em suas fileiras, mas que os homens velhos não prestavam para mais nada. É com eles que demonstraria seu poder.

Parou na frente de um velho com mais de oitenta anos, veterano de várias guerras, mas um simples peão de estância em períodos de paz. Sorriu para o homem.

— O amigo pode dar um passo à frente — disse o Coronel.

O velho obedeceu. Um dos soldados cutucou a parte de trás do joelho, fazendo com que ele caísse curvado no chão. O serviço foi rápido. O soldado segurou a melena do prisioneiro e puxou sua cabeça para trás. A faca deslizou na pele, e o sangue esguichou. Firmino de Paula desviou e deu uma gargalhada.

Caminhou mais um pouco e parou na frente de um jovem. Estranhou que aquele sujeito não vestia pilchas tradicionais, mas colete com relógio amarrado ao berloque e calças culotes.

— Que está fazendo o senhor, um moço bem apessoado, com esta corja?

— Estou na revolução, coronel — respondeu o homem. — Me chamo Carlos Evangelista.

— E não seria capaz de servir com a nossa gente, em vez de acompanhar esses daí? — perguntou e apontou para um sujeito esfarrapado e sujo.

O homem demorou para responder e disse, em voz arrastada, fazendo cara de doente:

— Não posso, Coronel. Infelizmente, sofro do coração...

Alguns prisioneiros riram da bravata, outros respeitaram em silêncio. Sabiam que o parceiro havia escolhido a degola.

Em seguida seguiram outras execuções. Vinte foram os degolados até então. Tarcísio aguardava. Cuspiria na cara do Coronel e me encontraria.

Eu não deixaria isso acontecer, tão perto estávamos de conseguir nossa vingança.

Firmino estancou na frente de um prisioneiro de cara rude, bigode cobrindo a boca. Tinha o chapéu caído para trás, preso no barbicacho.

— E o senhor, o que me diz?

— Posso servir com vosmecês. Até trabalhava com os Pedroso em Piratini.

— Não gosto de mentirosos, homem. O que fazia pra eles?

— Era domador.

Firmino de Paula mandou que o homem o acompanhasse. Fez ele escolher um potro na cavalhada para fazer uma demonstração. O gaúcho não se fez de rogado. Em pouco tempo, comprovou que era firme nos arreios e sujeitou o potro.

O Coronel tirou o lenço vermelho do homem e o jogou junto com o monte que já estava no chão. Deu as boas-vindas à tropa legalista. O pica-pau avançou na fila e parou na frente de um homem que não demonstrava medo, encarando-o de volta com sangue nos olhos.

Tarcísio estava pronto para morrer. O Coronel Firmino gostou daquilo, gostava de ser desafiado. *Farei esse idiota de exemplo.*

— E o senhor tem interesse em virar um homem de bem nas nossas colunas?

Antes de abrir a boca, Tarcísio foi atacado pela coruja, que lhe arranhou o rosto, riscando de sangue a bochecha encardida. Alguns prisioneiros gritaram, outros deram risada. Firmino deu um passo para trás, assustado. Não gostava de corujas, traziam azar. Ninguém entendeu de onde aquele animal havia saído.

— Posso servir com vosmecês, sim, senhor.

Tarcísio entendeu meu recado. A resposta surpreendeu o Coronel. Repetiu o procedimento e cortou o lenço vermelho do pescoço dele.

— Por ora, já está de bom tamanho. Vamos seguir viagem.

Organizou a partida de sua coluna. Soldados de confiança vigiavam de perto os prisioneiros, amarrados por tentos de couro e com as mãos inchadas pela falta de circulação. Os recém-incorporados caminhavam na frente, também vigiados.

Antes de partir, Firmino de Paula ateou fogo aos lenços maragatos e deixou os mortos atirados no campo.

— Alguém precisa alimentar os corvos — disse, trazendo risos aos soldados pica-paus. Firmino determinou que os carrascos, de tanto em tanto tempo, degolassem mais prisioneiros.

Uma estrada de mortos.

Tarcísio estava infiltrado nas colunas dos inimigos. Agora ele entendia tudo. Vingaria nossa família se fingindo de pica-pau. Era assim que ele encontraria, de uma vez por todas, a nossa paz.

Começou a rir e teve um acesso de gargalhadas. Os outros soldados olharam para ele com estranhamento. Alguns riram junto, outros apenas pensaram que ele estava ficando louco. A vitória estava próxima. Ele sabia.

À frente de todos, o Coronel Firmino de Paula marchava no cavalo zaino. Era um pingo de lei. Estava orgulhoso. Mandaria um telegrama para Júlio de Castilhos.

— Vingamos Rio Negro, meu Presidente!

"Hoje, cinco da manhã, bati Ubaldino acampado no Boi Preto. Completa derrota, morrendo trezentos e setenta maragatos, muitos deles oficiais."

Telegrama do Coronel Firmino de Paula
ao presidente Júlio de Castilhos
10 de abril de 1894

25

CAMPOS DO CAROVI, PRÓXIMO A SANTIAGO DO BOQUEIRÃO
9 DE AGOSTO DE 1894

TARCÍSIO NÃO PASSAVA DESPERCEBIDO nas colunas legalistas de José Gomes Pinheiro Machado. A barba cerrada, o chapéu de aba curta e lenço branco... estava cada dia mais parecido com Gumercindo Saraiva. Os soldados sabiam que ele havia virado a casaca e olhavam para ele com desconfiança. Sempre enxergavam o General inimigo quando viam aquela figura montada a cavalo.

A tarde estava abafada, úmida, prenúncio de temporal. Tarcísio afiava a faca e pensava no Capitão Hermano López. O homem não sabia quem ele era, não tinha se lembrado de seu rosto. Mas desde que viu aquele cafajeste albino usando tapa-olho no rosto e sempre colado a Pinheiro Machado, passou a esperar o momento certo para liquidar com o assassino de sua família.

Naquela noite, reconheceriam o campo de batalha e preparariam a estratégia para um grande confronto campal com o Exército de Gumercindo. Tarcísio aproveitaria a situação para cumprir sua promessa. Se terminasse vivo, fugiria para se incorporar aos maragatos de novo.

Noite escura. A chuva gelada caiu com vontade, despencando violentamente sobre eles. O vento forte fazia a água bater nos olhos e entrar pela boca. Seu cavalo oveiro estava nervoso, escarceava no chão molhado. Tarcísio puxou o poncho bichará que ganhou de Maria, que ajudava mais no frio do que na chuva.

Ele aproveitou o aguaceiro e entrou com o cavalo na fenda de um mato cerrado, esperando, embaixo das árvores, a oportunidade perfeita. O Capitão López havia ordenado que os homens se separassem e mapeassem o terreno. Tarcísio se ofereceu para participar daquele pequeno piquete e agora aguardava ali. Sabia que, em breve, López apareceria.

Não pensou que a tempestade pudesse piorar, mas a chuva aumentou, e espelhos de água apareceram sobre os pastos do terreno onde ocorreria a batalha. Os relâmpagos refulgiam tão brilhantes quanto o sol, e as trevas tomavam conta do mundo. Não enxergava um palmo à frente do nariz. Um trovão fez Tarcísio estremecer. Reconheceu, perto dali, o vulto de um homem a cavalo. Era o López. Sua cor se destacava no breu.

Tarcísio desmontou do cavalo, maneando as patas, e tirou o rifle do coldre. Protegido pelas sombras do capão de mato, fez mira e aguardou. Então veio a claridade de um raio. Alguns segundos se passaram, e ele disparou, protegido pela trovoada.

— O que foi isso? — indagou López, ao sentir uma pressão na lateral da cintura. Seu cavalo empinou as patas dianteiras e o jogou no chão. Ao longe, mais uma trovoada, e López notou o ferimento no flanco. O cavalo disparou, deixando-o sem montaria.

Tarcísio avançou em direção a Hermano López com a espada em riste. Correu na direção do outro, afundando as botas no chão barrento. Por reflexo, López se levantou e sacou a espada.

— Não sei quem tu é, mas vai encontrar a morte no fio da minha espada, soldado! — gritou López.

Os homens se estudaram, andando em círculos, tentando prever os movimentos um do outro. A temperatura havia caído bastante, e a chuva gelada batia no rosto, prejudicando a visão.

— Hoje tu vai conhecer o inferno, verme maldito! — disse Tarcísio e arriscou o primeiro golpe. Apesar de machucado, a experiência militar ajudou López a desviar.

O Capitão também atacou e fez um corte profundo na coxa de Tarcísio, que recuou, mas ignorando a dor, estava ávido por atingir nosso alvo. O ferro branco relampejava. Os dois iam à exaustão, sem frouxar nem um segundo, porém as espadas começavam a ficar pesadas, e eles se afastaram e ficaram se observando por alguns segundos. Precisavam recuperar o fôlego. Estavam a uma distância máxima de cinco passos.

— Vou te mostrar o que acontece com assassino de inocente na minha terra, desgraçado! — rosnou Tarcísio, a boca espumando de raiva. A hora havia chegado.

— Inocente? Nunca matei nenhum inocente. Eram todos bandidos maragatos — Cuspiu com nojo e avançou mais uma vez. Os ferros brancos tiniram, saltando fagulhas no choque.

Tarcísio recuou. Firmou o pé no chão e golpeou com toda força, sem chance de desvios. O fio da espada arrancou o tapa-olho, rasgando de novo a face do Capitão que, em um ataque de fúria, investiu contra Tarcísio. López golpeava com força, e a espada de Tarcísio escapou e caiu no gramado. López pisou na espada e Tarcísio começou a recuar. Eu queria entrar na briga, mas era um assunto para os vivos terminarem.

O cavalo relinchou alto de dentro do mato. López deu uma risada de louco e atacou novamente. Acertou um pranchaço na cabeça de Tarcísio, que caiu no chão, desnorteado. O capitão olhou com orgulho para seu feito. Preparava o golpe fatal, tendo a espada no ar pronta para fazer o estrago, quando juntei forças e ataquei. Não pude me conter. Com minhas garras de coruja, cortei seu rosto e bati asas para que o meu homem terminasse o que começou.

Quando López pensou estar livre de mim, enxergou meu marido a menos de um palmo de distância. Mal sentiu quando a espada entrou em seu abdômen. O Capitão Hermano López se ajoelhou, segurando o ferimento. Tentava conter o inevitável, contudo o sangue escorria. Na cintura, brilhava o cabo de uma faca de prata.

Tarcísio reconheceu a faquinha de prata de Floriano. Pegou-a para si.

Lembrou-se do menino no nosso rancho, correndo atrás dele feito sombra, perguntando o porquê de tudo que acontecia, até que Tarcísio se irritava e dizia: porque sim. Doeu ao se lembrar de quando nosso filho cortou um tampão do dedo enquanto aprendia a castrar. Não era hora, eu avisei. Ele queria ter protegido o menino, queria ter dado o abraço de despedida que não deu; pensou no eu te amo que nunca disse. Os homens do campo não diziam essas coisas. Agora

Tarcísio queria voltar no tempo e dizer. Mas a vida é cavalo em disparada.

O cabo da faca de prata queimava sua mão, testou o fio na ponta do dedo e fechou os olhos. A chuva havia se atenuado, era nada mais que uma garoa. Tarcísio tinha na mão esquerda o cabelo do inimigo e puxou forte, deixando o pescoço à mostra.

Um simples corte era muito pouco. Tarcísio se entregou à loucura, à loucura que dividimos juntos, e, segurando firme, passou o fio bem onde começava a testa. A faca lambia e Tarcísio puxava o couro aos poucos. López gritou na primeira gota de sangue. Terminou por desmaiar. Com o escalpo em uma das mãos, Tarcísio encostou a faca de prata logo abaixo da orelha esquerda. Sentiu a palpitação fraca de uma veia.

Encostei minha mão na de Tarcísio e puxamos a faca, abrindo a garganta do Capitão, de uma orelha à outra. Tarcísio aguardava o sangue jorrar, enquanto escutava o estertor final daquele bandido.

O corpo do Capitão Hermano López tombou.

Naquele instante, soltei a mão de Tarcísio e voltei para as sombras da morte.

Enquanto assimilava o que havia acabado de acontecer, Tarcísio enxergou um grupo de cavaleiros no alto da coxilha. Ainda estavam longe, porém não demorariam para descobrir tudo. Tarcísio buscou o cavalo, montou e, antes de partir, jogou o lenço branco ao lado do cadáver de Hermano López.

O destacamento de soldados notou que alguma coisa estranha acontecera e apertou o passo na direção deles. Tarcísio esporeou o cavalo e saiu a galope na direção do acampamento de Gumercindo Saraiva. Foi perseguido durante alguns metros e apenas escutou os disparos. Em uma última tentativa, os pica-paus dispararam muitas vezes em sua direção.

Ele não olhou mais para trás. Apenas galopou rumo aos maragatos.

26

CAMPOS DO CAROVI, PRÓXIMO A SANTIAGO DO BOQUEIRÃO
10 DE AGOSTO DE 1894

Não conseguia respirar, tinha uma dor enorme nas costelas. Não recordava como havia chegado até ali, mas agora estava deitado em um catre, observado de perto pelo Dr. Ângelo Dourado. Tossiu e levou a mão à parte baixa do peito, estava cravejado de balas. O curativo estava encharcado. Teve uma nova onda de dor e quase desmaiou. Não conseguia entender por que não morria...

— Calma, homem. Vou aplicar no amigo uma injeção de ergotina, para ver se estancamos essa sangria.

— Guarda para quem tenha chances, doutor... Eu já estou morto — disse Tarcísio, com sangue escorrendo pela boca.

Mesmo assim, o médico cumpriu seu dever e aplicou a medicação na veia dele. Tarcísio tinha sono. Dormiu mais algumas horas e acordou quando o Capitão Hilário Montiel, ajudante de Gumercindo Saraiva, entrou na carreta médica fazendo estardalhaço.

— Doutor! O General Gumercindo manda avisar que está ferido e que precisa dos teus serviços.

Nesse momento, Tarcísio recobriu os sentidos, tentou escutar as notícias.

— Como foi isso, criatura? A peleia não era só para amanhã? — perguntou o médico.

— Ele estava se preparando para a batalha, ia encontrar com os homens de Dinarte, e fomos alvejados por pica-paus escondidos no meio de umas moitas. Morreu o corneteiro, morreu o cavalo do General! Um horror!

Ângelo Dourado pediu que Tarcísio esperasse, pois eles trariam o ferido para a carreta, e foi ajudar os homens. Em seguida, voltou e, acompanhado por Aparício Saraiva, repousou o corpo do General nos pelegos próximos a Tarcísio, que observava sem dizer palavra; doía até para respirar.

Aparício se aproximou do irmão e acariciou sua face, secou o suor do rosto e olhou para o médico, como que pedindo uma boa notícia. Apenas depois disso reparou que o outro ferido era Tarcísio, um dos homens de Gumercindo.

— Voltasse para *nosotros*, hein, *muchacho*?

— Foi difícil, mas vim morrer *con ustedes*.

— Vocês dois vão ficar bem. Estão nas mãos do melhor médico baiano de bombachas que poderia existir — ele disse e riu sem entusiasmo. Saiu da carreta e deixou que o médico entrasse.

O médico tirou o casaco e a camisa do ferido. O homem estava sujo, com sangue e pasto colados ao corpo, mas tinha somente duas marcas de bala. Um ferimento no flanco direito, um corte de raspão, e outro mais profundo, também abaixo das costelas, mas sem acertar o pulmão, o que era uma boa notícia.

Ângelo Dourado aplicou uma injeção de éter na veia de Gumercindo, para que ele não sentisse mais dor. Deu-lhe um gole de água e buscou distraí-lo.

— Estava querendo descansar e conseguiu um balaço para tirar uns dias, General? O amigo fique tranquilo, que não corre risco de vida. Mas eu já disse que lugar de General não é na linha de frente, não é mesmo?

— Nós aqui não somos militares que mandam os pequenos brigarem para que os grandes apenas ganhem as glórias. Além do mais, os companheiros se animam vendo os chefes na frente. E a linha de frente é a parte mais divertida da batalha, o doutor sabe bem disso... Não é mesmo?

— É verdade — concordou ele, rindo. Também não conseguia evitar de combater como se fosse um soldado qualquer.

Gumercindo Saraiva tentou se levantar para sair da barraca e ficou tonto. Atirou-se em seu canto.

— Preciso sair daqui. Amanhã temos uma batalha importante.

— Impossível, General. Vosmecê precisa de repouso. Do contrário, pode pegar uma infecção e morrer... e morto não serve de nada para a revolução.

— E como eu poderia abandonar meus homens? Os pica-paus viriam atrás de mim até o inferno. Eu não tenho mais direito à paz, doutor...

Tarcísio permanecia calado. A dor sufocava. Tinha a impressão de que qualquer palavra que exprimisse seria como uma faca cravada no próprio pulmão. A hora de se encontrar comigo se aproximava. A conversa dos outros dois começou a ficar distante. Uma aura de luz invadiu seus olhos, e ele viu o dia em que me conheceu, oferecendo mercadorias, em uma carreta feito aquela, junto de minha família itinerante. A velha *abuela* foi a primeira a lembrar das cartas e me mostrou o homem. Ele se aproximou, ofereceu pousada e me pediu para ficar. A *abuela* ficou junto, só assim meu pai permitiria. Formalidades. Todos sabíamos o meu destino. Tarcísio se lembrou de meus gritos no parto, do Floriano pequenote e cabeludo, das lidas campeiras de que tanto gostava, e viu seu rosto refletindo na água de um rio: barba negra, cheia, olhos castanhos, o chapéu... De fato, podia mesmo ter sido um irmão perdido de Gumercindo Saraiva... Naquele instante, Tarcísio entendeu por que ainda não morreu. Tinha uma última missão a cumprir.

— Meu General... — disse ele.

— Quem tá aí?

— Sou eu, Tarcísio, seu criado.

— O que se passou, meu filho?

— Estou morrendo...

— Não diga isso!

Tarcísio teve um acesso de tosse. Gumercindo e Dourado se olharam, e o médico, sem precisar falar nada, confirmou que o fim se aproximava.

— Estive escutando a conversa de *vosmecês* e tive uma ideia...

A ideia, em um primeiro momento, pareceu absurda, fosse porque era uma maluquice, fosse porque significava que teriam que enganar a todos os outros, inclusive os outros generais. Apenas assim aquele plano teria chances de dar certo. Era uma loucura, disse Gumercindo Saraiva. Porém, ele era o homem que havia marchado por milhares de quilômetros pelo Brasil, atravessando estados, enfrentando todas as adversidades para levar a revolução mais longe. Ele era um homem disposto a loucuras.

Gumercindo mandou chamar Aparício Saraiva e começou a explicar o plano do meu marido. Mesmo com dificuldade, Tarcísio continuou falando.

— Todos dizem que sou a cara do General. Sabemos que é verdade. Não devo passar de hoje ou amanhã... Mal e mal consigo respirar. Me vistam com as roupas do Gumercindo, e eu sigo com a marcha, aqui na carreta, recebendo cuidados. Digam para todos que sou o General e que estou ferido. Quando eu morrer, me enterrem e sigam viagem...

Tarcísio precisou de um instante. Pediu um pouco de água e terminou de explicar: Gumercindo Saraiva iria ao Uruguai para se recuperar dos ferimentos, mas sem que ninguém soubesse, pois, caso contrário, a perseguição de Pinheiro Machado não acabaria nunca, e Gumercindo jamais ficaria curado. Quando pudesse, voltaria para ser mais um trunfo da revolução.

Aparício Saraiva ficou incrédulo. A ideia era muito boa. Ele faria a escolta do irmão para o Estado Oriental com alguns homens de confiança.

— Vosmecê sabe que, para o plano dar certo, teremos que te enterrar sob o meu nome, não é mesmo? — disse Gumercindo. Tarcísio respondeu balançando a cabeça positivamente. — E sabe que os pica-paus irão profanar teu corpo, para confirmar minha identidade, para usar de troféu ou seja lá o que aqueles bandidos fazem?

— O corpo é só terra, meu General... Eu já estarei do lado dos meus, e nada levarei deste mundo...

— Pois então, que assim seja, senhores.

Antes de partir, Gumercindo segurou firme as mãos de Tarcísio e fez menção de agradecer. Ele não deixou. Desmaiou em seguida.

A marcha prosseguiu. O meu homem, o meu Tarcísio, agora era o corpo de Gumercindo Saraiva. Vestia botas, bombachas, cinto, o casaco militar e o lenço *blanco*. Tinha o rosto pálido, a barba grudenta com o sangue que saía pela boca. Em uma das mãos, o chapéu de feltro; na outra, a espada utilizada em tantas campanhas militares. De seu, apenas o bocó dos remédios. Fez questão de deixá-lo junto a si. Tinha alguns lapsos de consciência, porém, em grande parte, fazia o trajeto meio dormindo.

Não teve uma vida ruim. Não importa o que disserem. Sempre teve trabalho, comida. Amou a esposa, criou um filho. Teve família em uma terra onde a maioria dos peões não possuía sequer um rancho para chamar de seu...

Ouviu vozes ao longe, luzes e sombras passaram sobre as pupilas cerradas, mas não teve forças para abrir os olhos... Teve uma vida boa, sim. Morreria sendo um herói. Ninguém precisaria saber. Seu nome não seria citado nos causos, nas histórias da revolução, não seria nome de cidade, nem de rua, porém ele esteve lá, não arredou o pé nunca. Lutou ao lado de todos e, agora, morria em nome de seu grande General.

Não esperava para si um final tão digno.

A revolução deu para o soldado Tarcísio Gutiérrez o que podia dar. Ele teve sua vingança. Naquele momento, o sangue de López escorreu entre os dedos. Soltou o chapéu e enfiou a mão no bocó, segurou o escalpo do capitão mais uma vez. Sorriu. Se vingar era bom.

Ainda estava deitado, com os olhos cerrados. Enxergava, todavia, um baile de luzes e sombras e formas. Fez uma força enorme e piscou. Uma, duas, três vezes. Não via mais a carreta, apenas sua movimentação compassada, as vozes foram sumindo... Seu olho se ajustou à claridade, e ele passou a ver o imenso céu azul e sem nuvens; abaixo, o chão de pasto verde deslizava e pôde sentir na pele, mais uma vez, o calor do sol que brilhava no céu. Reparou que o sol estava contornado por um brilhante halo dourado.

Tinha sede, a boca áspera, a respiração lenta. Escutou sussurros, avisos, passos se distanciando, a vida seguindo seu rumo. Estava surpreso: não era tão difícil morrer, afinal. O sangue deslizava dos ferimentos, sem pressa, mas constante. Gotas pingavam, deixando o campo manchado de sangue.

Uma forte dor o golpeou de repente, com violência, contraindo os músculos do abdômen. Ele respirou profundamente, a dor cada vez mais forte. No ar, um cheiro conhecido. Inspirou de novo, e a dor sumiu.

Jasmins.

Olhou para o sol uma última vez e reparou que uma sombra ofuscava sua visão, dançando com leveza no ar. A forma se aproximava ao ritmo da natureza, e ele entendeu o que era: visita. Sempre gostou daquela florzinha que anunciava a chegada de alguém, ou que aconteceria uma mudança na vida do visitado. A pluma branca rodopiava e se exibia para Tarcísio. Moveu a mão para cima e aguardou. Como uma nuvem de algodão, a flor deslizou até pousar na palma de Tarcísio.

Tinha no rosto um suave sorriso. Não sentia mais dor. Não via mais nada. Deixou que o ar esvaziasse seus pulmões, levando todo o sofrimento. O braço tombou ao lado do corpo, os dedos relaxaram, e a pluma escapou, voando livre como um pássaro. Não mais um carancho.

EPÍLOGO

Júlio de Castilhos pressentia que o fim da guerra civil se aproximava. Escutava críticas aqui e ali, mas, no geral, tinha o comando da situação. As pessoas que importavam ficavam sabendo dos fatos sob o verniz governista de sua pena no jornal *A Federação*.

Ele sempre soube que esse período de transição da Monarquia para a República não seria fácil. Defendia que o governo não podia ter medo de críticas. Desde o princípio, estava disposto a tudo para impor suas ideias. Tinha um propósito maior e não deixaria que nenhum aventureiro o atrapalhasse.

Para o público comum, ele dizia que seus anseios de modernização e industrialização não combinavam com o modo de vida dos antigos caudilhos. Aqueles homens, dizia ele, eram bárbaros, antipatriotas, traidores secessionistas. Os gaúchos deveriam ser extintos.

No fundo, quem o conhecia bem sabia quais eram, na verdade, seus anseios: poder e prestígio. Ele era o "Patriarca". Era assim que o chamavam, e ele escutava com falsa modéstia.

Naquela tarde clara, de sol, mas com pouco calor, Castilhos recebia visitantes ilustres no Palácio do Governo. Conferenciava com Múcio Teixeira e General Moura sobre os próximos passos para derrotar, de uma vez por todas, o movimento maragato.

— Senhores, nossos objetivos estão próximos de se concretizar — disse Castilhos. — Com a força do Exército e dos nossos soldados, vamos colocar em prática o projeto de modernização desse estado de bárbaros. Nenhum assunto escapará da análise do Poder Executivo, e toda e qualquer questão social deverá virar caso de polícia. A classe intelectual estará em paz para governar. O que vocês têm a dizer sobre isso?

— Precisamos apenas finalizar esta guerra... — ponderou o General Moura.

Quando Múcio pensou em fazer um aparte, a porta foi aberta, e ingressou, na sala do Presidente do Estado, um homem de sua confiança, vestido em fatiota, cabelos engomados e puxados para trás. O recém-chegado disse algo no ouvido do presidente.

— Pois que entre! — disse. — Parece que temos uma surpresa enviada pelos nossos combatentes!

A porta foi aberta e ingressou na sala o Major Ramiro de Oliveira, experiente soldado castilhista. O homem vinha com o andar arrastado, polvadeira grudada na face. Cheirava a suor e a cavalo, porém ninguém reparou, pois trazia nas mãos uma caixa de chapéu com um forte odor de putrefação que já infestava a sala antes mesmo de o visitante se acomodar.

— Senhores, com os cumprimentos da Divisão do Norte, do General Pinheiro Machado e do Coronel Firmino de Paula, entrego a Vossas Excelências a incumbência que me foi confiada, como uma homenagem ao Presidente deste Estado.

Júlio de Castilhos se aproximou de Ramiro e pegou a encomenda. Não pesava muito. Deu uma breve sacudida para adivinhar o conteúdo, mas não foi possível. Múcio e Moura se aproximaram quando Castilhos largou a caixa sobre a mesa e desenlaçou a fita.

O cheiro ficou mais forte: carne em decomposição. Algumas moscas ínfimas saíram de dentro do pacote. O presidente do Estado desenrolou o objeto embrulhado em jornal e saco de estopa, com crostas de sangue seco, revelando, em primeiro lugar, a barba; e em segundo, a pele machucada e já escurecida da cabeça do inimigo. Múcio correu até a escarradeira e vomitou. O General Moura, estarrecido, foi tomar ar junto à janela aberta.

Júlio de Castilhos encarou a cabeça sobre sua mesa. Pegou o lenço de seda que trazia na lapela e cobriu o nariz enquanto mirava os olhos mortos, sem brilho. A barba ainda era negra. Varizes estouravam na bochecha e no nariz, ambos escurecidos. Notou que alguém havia cortado as orelhas do inimigo.

— Então era apenas um homem? — disse Júlio de Castilhos, com cara de nojo. — Engraçado, não, senhores? Um sujeitinho comum desses fazer tudo o que fez? Confesso que pensei que ele era mais velho... — Ainda observou aquele rosto sem expressão por mais alguns minutos.

A vontade de Júlio de Castilhos era de fincar a cabeça em uma estaca na entrada de Porto Alegre, para que não restassem dúvidas acerca de quem mandava naquele Estado e naquelas gentes. No entanto, conteve a ânsia, pois sabia que isso não seria considerado civilizado por seus pares sensíveis da Capital. Eles gostavam de guerra, mas preferiam saber das notícias apenas pelas folhas dos jornais; os outros que fizessem o serviço sujo.

— Major Ramiro — disse Castilhos, fechando a caixa de chapéus e escondendo seu conteúdo na escuridão —, suma com essa cabeça da minha frente antes que eu determine sua prisão. Neste Estado, não temos mais espaço para essas barbáries. O nosso governo é de gente civilizada — disse e fez um sinal com as mãos para que o homem desaparecesse de sua frente.

Sem entender nada, Major Ramiro de Oliveira saiu do Palácio do Governo, puxando a perna machucada e deixando atrás de si um rastro pútrido, que fazia com que as pessoas olhassem para ele quando passava. Já do lado de fora, jogou a caixa com a cabeça que pensavam ser de Gumercindo Saraiva no perau do terreno baldio contíguo, para que nunca mais fosse vista.

Quando desenterraram o cadáver do maldito maragato, tiveram certeza de que o presidente Júlio de Castilhos gostaria do presente.

— Vai entender essa gente — disse ele.

O Major montou o cavalo e partiu em direção ao poente. Queria tomar um banho no Guaíba, deixar que o rio levasse o cheiro embora. Olhava para as pessoas. Políticos tinham sapatos engraxados a troco de algumas moedas; mulheres bem-vestidas caminhavam apressadas, desviando de olhares masculinos; vagabundos bebiam na frente das bodegas;

velhos jogavam damas nas sombras das praças; chinas convidavam passantes para uma diversão vespertina. Ao chegar perto da margem do rio, observou um casal de namorados que festejava alguma data importante em um piquenique. Nas mãos do jovem, o último exemplar do *A Federação*. A vida continuava normal para aqueles que não se importavam. Major Ramiro de Oliveira buscou um fumo picado no bolso da guaiaca, enrolou na palha e deixou que a fumaça invadisse seu pulmão. Ele nunca mais falou sobre aquela maldita guerra.

"Considerando que o craneo do celebre caudilho Gumercindo Saraiva oferece ensejo para um estudo minuncioso e aproveitável à sciencia; considerando que estando o cadáver insepulto e o craneo deslocado, rolando e ao relento, em nada podia ferir os sentimentos religiosos e de humanidade; considerando que o craneo de um guerrilheiro celebre devia pertencer a uma galeria de preferencia a permanecer à beira de uma estrada, sujeito ao escárneo dos transeuntes; (...) resolveram por isso conduzi-lo até esta capital oferecendo-o aos profissionais para sobre ele fazerem aprofundado estudo..."

Trecho da ata de recolhimento
da cabeça de Gumercindo Saraiva.
8 de outubro de 1894.

Ao mestre Alcy Cheuiche,
por ser um farol

PÓSFÁCIO

O que deseja um escritor quando escolhe contar uma narrativa? Que sentimento tão potente é esse que faz com que as palavras saiam do seu uso cotidiano e por vezes banal e assumam dimensões extensasque ultrapassam o tempo e o espaço? Escrever não é uma decisão fácil. Nunca foi. Para escrever é preciso que se tenha em mente um ponto de partida que possa ser alimentado até o minuto final, quando o escritor sabe, de algum modo, que aquela narrativa está pronta para ganhar o mundo e os leitores.

O que deseja um leitor quando escolhe ler uma narrativa? Que sentimento tão forte é esse que faz com que o leitor percorra dezenas, centenas de páginasacompanhando, prescrutando o destino de uma personagem? Como descrever a sensação que o leitor tem ao percorrer uma narrativa, ansioso pelo desfecho, pela resolução de enigmas? Ainda, quando o leitor procura um sentido até mesmo para a própria existência?

A literatura pode muito. Num texto sobre o poder da literatura, Tzvetan Todorov, teórico da literatura, nos diz exatamente isso: a literatura pode muito. Ela pode nos fazer seguir em frente, tentar compreender o mundo, entender o lugar e o sentimento do outro e por ai vai uma lista imensa de possibilidades para a literatura. Na verdade, as possibilidades são nossas, os leitores que através da leitura evocam um imaginário repleto de lugares, sensações, pessoas e sonhos. A literatura propõe um novo mundo a cada nova narrativa, mesmo que a ficção seja sobre um passado distante ou a projeção de um tempo futuro.

E é quando pensamos na questão do tempo, da história – que é um tecido vivo e em constante movimento – que *Carancho*, romance de Rodrigo Tavares, encontra seu espaço nas discussões sobre a ficção contemporânea brasileira e mais especificamente, a ficção que podemos denominar como regionalista.

Antes de Rodrigo Tavares tivemos grandes mestres na revisitação dos temas históricos, das narrativas que trazem as matrizes das nossas origens para as páginas dos livros. E não se trata de um revisionismo sulista, repleto de figuras históricas caricaturais e antiquadas. Trata-se de perceber o quanto essa história é importante como cenário para a nossa identidade contemporânea. Pensemos, portanto, em escritores como Erico Verissimo, Barbosa Lessa, Josué Guimarães e Cyro Martins. Suas narrativas, breves ou longas, rememoram um outro Rio Grande do Sul, de revoluções, batalhas, mortes e sobrevivência.

Somos parte dessa história e por sua vez, essa mesma história é parte indissociável do que somos. Carancho é uma narrativa que toma para si a história, deambula pelos campos empapados de sangue e suor de homens e mulheres que travaram batalhas com inimigos da liberdade e muitas vezes, lutaram de mãos vazias, mas com o peito repleto de valentia, amor ao chão que nasceram e ao direito de uma vida melhor para todos do seu tempo, da sua terra.

Rodrigo Tavares recria uma parte dessa história do Sul, numa ficção que flerta com o discurso histórico, mas que reverbera nas vidas das suas personagens (espelho de muitos heróis e heroínas que viveram antes de nós). Brida, a narradora, que do mundo dos mortos e das sombras faz ecoar seu desejo de vingança conduz o leitor pela pampa atormentado e empobrecido pela Revolução Federalista de 1893.

Vingança, dor, desprezo e solidão somam-se à fome, miséria e a angústia por um novo tempo em que a justiça e a igualdade fossem possíveis. Era o tempo de castilhistas, denominação dos que seguiam Júlio de Castilhos, assassinos que percorriam as casas matando quem encontrassem pela frente, homens, mulheres e crianças.

E é Brida que nos conta essa história, guiando-nos por um território devastado, ela pede ao marido, Tarcísio Gutiérrez que vingue seu assassinato e o sangue derramado do filho e da *abuela*. No caminho de Tarcísio, personagens históricas encontram seu lugar no cosmos da revolução: Gumercindo Saraiva, Adão Latorre, Ambrose Bierce e muitos outros que habitam as páginas das nossas memórias.

Carancho é um livro sobre a Revolução Federalista de 1893, não há como negar esse ambiente e as imagens que Rodrigo Tavares recorre para construir o enredo. Há Bagé, cercada pelos inimigos, figuras que construíram cada parte da história da cidade, do Rio Grande do Sul e há personagens que são frutos do imaginário do escritor e que experienciam a dor e o horror de formas diferentes. Há momentos de beleza, amizade e amor.

Jean Delumeau, em *A história do medo no Ocidente*, fala-nos da natureza dos medos que nos assolam: a guerra, a fome e a doença. Todas levam à morte. A guerra seja de qual tamanho for é sempre a morte a espreitar a história. E na Revolução rememorada por Rodrigo Tavares não é diferente. É a morte que vagueia pelos campos. Sobreviver é escapar da sua sombra e domínio.

A história não fica perdida nas páginas de Carancho, ela emerge da história com imensa força. Existem linhas mestras que percorrem o romance: a bravura, o amor, a saudade e a perseverança a empunhar armas. E nada disso se perde no tempo, nada disso é passado amargo e saudosismo territorialista. Pela literatura visitamos percursos e vidas anteriores a nós mesmos e podemos entender ou tentar entender onde estamos no mundo e como construímos nosso presente. É por isso que um livro nunca esgota o que tem a dizer, pois que é a história da própria humanidade, seja de que pago for. Lembremo-nos de Cecília Meireles quando diz, em Romanceiro da Inconfidência: "Ai palavras, ai palavras que estranha potência, a vossa".

Eis o trabalho de Rodrigo Tavares, fazer da história o arcabouço da nossa memória e para além dos campos do Rio Grande do Sul, revelar que a busca pela liberdade e pela igualdade é constante e faz parte da nossa própria humanidade.

Gabriela Silva, *Doutora em Teoria da Literatura, professora de Estudos Literários FURG SLS*

NOTA DO AUTOR

O escritor Barbosa Lessa já dizia que ninguém escreve impunemente sobre a história do Rio Grande do Sul. Mesmo com esse aviso, encarei o desafio de fazer ficção de um fato tão denso quanto a Revolução Federalista de 1893. Por isso, apesar de fiel às fontes, quando necessário escolhi a criação literária ao preciosismo histórico.

Afinal, como terminou a revolução?

Derrotados os federalistas, negociou-se uma paz honrosa. No dia 23 de agosto de 1895, foi assinada a ata de pacificação e, em setembro do mesmo ano, o governo federal concedeu anistia aos combatentes do Rio Grande do Sul e da Armada Nacional.

A Revolução Federalista é, até hoje, a mais sangrenta guerra civil ocorrida em solo brasileiro. Estima-se que mais de dez mil pessoas morreram, muitas degoladas.

A historiografia adotou a versão de Júlio de Castilhos como a oficial, utilizando o jornal *A Federação* como fonte primária de pesquisa.

Assim, Adão Latorre entrou para a história como o homem que degolou sozinho mais de trezentas pessoas após a batalha da Estação do Rio Negro.

O importante historiador Tarcísio Taborda pesquisou o assunto e identificou menos de trinta degolados. O número trezentos, porém, pareceu agradar aos historiadores, que sempre o destacam mesmo sem qualquer evidência histórica contundente.

A Constituição do Rio Grande do Sul somente foi alterada após a Revolução de 1923, quando, finalmente, o projeto ditatorial de Júlio de Castilhos foi extinto. Entretanto, as mágoas permaneceram, no mínimo, até a Revolução de 1930, quando Getulio Vargas uniu os gaúchos para uma nova revolução.

Mas essas são outras histórias...

A poesia da página 105 é de José Hernandez, em seu *Martín Fierro*.

Agradeço a Caroline Kirsch Pfeifer, Fernando Risch, Francisco Brasil, Gabrielle Mastella, Irka Barrios, José Almeida Junior, José Francisco Botelho, Luisa Geisler, Miuri Pestano, Rafael Bassi e Tailor Diniz pelas leituras, pelo incentivo e pela torcida.

Agradeço a André Timm, Samir Machado de Machado e Tobias Carvalho pela leitura crítica e pelos inúmeros conselhos.

Agradeço a Gabriela Silva pelo texto de apresentação, mas também por todo suporte que sempre oferece.

Agradeço, ainda, aos amigos Dacira Souza Medronha, Edgar Salis Brasil Neto, Henrique Fagundes da Costa, Mariana Leão e Thiago Vaucher pelas constantes ajudas nas pesquisas históricas.

Agradeço a Mauricio Wajciekowski, que é o primeiro revisor oficial dos meus escritos desde *Andarilhos* e que conhece o meu jeito de narrar, respeitando a voz autoral.

Agradeço aos meus editores María Elena Morán, Flávio Ilha, Jeferson Tenório e, em especial, João Nunes Junior, que acreditou nesta história muito antes de se tornar um editor. João, a tua confiança neste texto foi fundamental para que eu mantivesse a coragem de contar a história.

Agradeço a toda minha família, principalmente aos meus pais, Helenise e Guilherme, pelo apoio incondicional – eles sempre incentivaram e fizeram o possível e o impossível para que eu realizasse os meus sonhos. E ainda fazem.

Por fim, agradeço à minha esposa, Laiana, pelo suporte de sempre e pelas inúmeras leituras prévias. Teu olhar sensível e forte também está nestas páginas. Meu amor e meu agradecimento são eternos.

As primeiras linhas de *Carancho* foram escritas em 13 de dezembro de 2021, em Bagé, na casa dos meus pais, e o texto foi finalizado no dia 17 de maio de 2023, em Buenos Aires, Argentina.

Impresso originalmente nos 130 anos
da Revolução Federalista, em junho de
2023, para a Diadorim Editora
Fontes
Century Schoolbook
DIN Condensed